A Georges Perec

ISBN: 9788893641289 (libro) – 9788893641586 (ebook)

A Georges Perec

a cura di Oplepo, piazza dei Martiri, 30 – 80121 Napoli (Italia)
Prima edizione: ottobre 2012

Ristampa: giugno 2018

Cura redazionale di Eleonora Galloni

 http://www.inriga.it

 info@inriga.it

 https://it-it.facebook.com/inrigaedizioni/

 https://twitter.com/inrigaedizioni

 https://www.linkedin.com/company/in-riga-edizioni-e-literary-agency

La ponderata coazione a non ripetere

«Je tiens absolument – ha detto Georges Perec – à ce qu'aucun de mes livres ne se répète, que chacun ait un aspect différent». È forse questo uno dei connotati più interessanti dell'attività letteraria di Perec, insieme alla sua generosa disposizione a sperimentare sempre nuove e proficue *contraintes*.

E così, di fronte all'esperienza di uno scrittore-stimolo come l'autore de *La vie mode d'emploi*, non potevano che essere numerosi e diversi i contributi di quanti – oplepiani, oulipiani e non – hanno voluto rendere omaggio allo scrittore che più di ogni altro personifica lo spirito e le caratteristiche della letteratura *à contrainte*.

Molteplici sono le modalità e le regole con le quali questi "affezionati perecchiani" hanno voluto celebrare i trent'anni trascorsi dal 1982 che segna la *disparition* di quel singolare artificiere e manipolatore del linguaggio che fu Perec. Pungolati dalla fantasiosa spericolatezza dello scrittore francese, lo hanno fatto da un lato con testi *à contrainte* che ripetono alcuni dei suoi molteplici generi (i *je me souviens*, l'*épithalame*, i *mots croisées*, i proverbi in rebus, i monovocalismi, i *beaux présents*, i palindromi e i lipogrammi, la parodia di pubblicazioni scientifiche) e dall'altro con testi basati su *contraintes* originali.

Indice

TESTI

Elena Addòmine

New York, istruzioni per l'uso

E ora, caro monsieur Bartlebooth, è ora che si navighi sulla terraferma, ancorché trattasi di un'isola, ma ciò non fa troppa differenza…

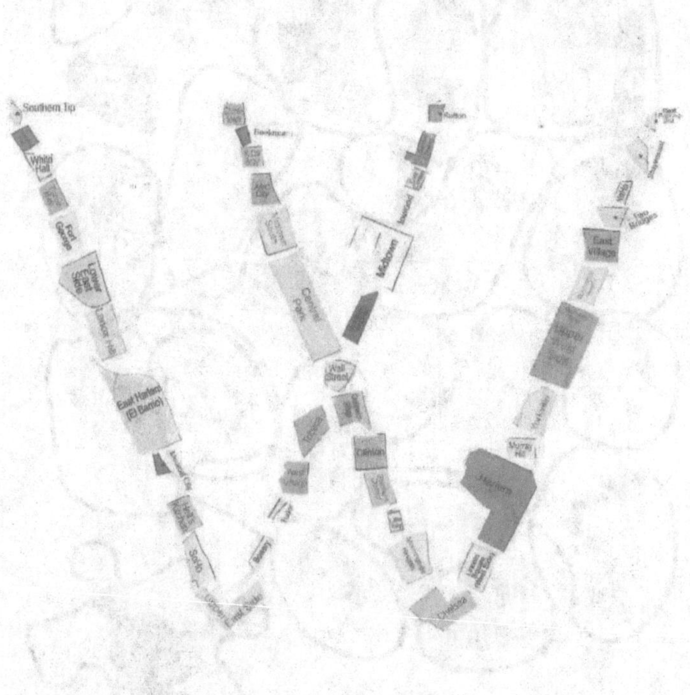

New York, qualche minuto prima delle 8 di sera del 23 giugno 2012.

Paolo Albani

Je me souviens visuellement de Georges Perec
(texte qui appartient au genre artistique du fragment)

Raffaele Aragona

Mistraduzione

La via, modo d'impiego

* La foto è di Sergio Salabelle

Raffaele Aragona

Epitalamio
per Emanuela Grimalda ed Elio Arzu

«L'epitalamio è un testo di circostanza destinato ad accompagnare gli sposi fino al letto nuziale, facendo l'elogio delle loro virtù, ringraziando gli dèi che li hanno fatti incontrare e ricordando i piaceri che li attendono.

È un genere che, sembra, si perda nella notte dei tempi e nel quale si sono distinti, scelgo a caso, fra molti altri, Catullo, Claudien, Stace, Salomon, Saffo, Teocrito, Buchanan, Ronsard, Malherbe, Scarron, Marini, Pindaro, Anacreonte, Alcman, Stesicoro, Ausone, Sidoine e Guillaume Apollinaire, Ennodius, Spenser, Shakespeare, Ben Jonson e John Donne.

La natura stessa dell'epitalamio mi è sembrata sùbito adattarsi efficacemente a una tecnica oulipiana recente, quella dei *beaux présents*: cosa c'è di più indovinato, in effetti, che offrire in dono agli sposi un testo costruito a partire dalle sole lettere dei loro nomi riuniti? È come se il matrimonio li facesse entrare di concerto in una lingua solo a loro comune».

Georges Perec

(dall'Introduzione a Georges Perec, *Épithalames*
in Oulipo, *La Bibliothèque Oulipienne*,
Éditions Ramsay, Paris, 1987).

«Oggi è il nono giorno di giugno.
Emanuela, donna del nord,
giunge da innumere miglia,
da mari e da lidi giuliani;
la *mula* ora gaia e leggiadra,
ormai d'adozione romana,
riandando all'idillio di un dì,
dà un languido guardo laggiù,
a regione meridionale,
l'odierna regione d'OG.

Un giorno era zona di Nuoro
l'odierna regione d'OG:
d'Oronnori o di Genziana,
di Gairo e del lido di Orrì,
di rada Gonone e Dorgali,
di Àrzana, Elini e Urzulèi.
Ai margini delle marine,
è luogo di mille malìe,
di mandorli in grande rigoglio,
di linde dimore e di lande
non rudi, di nuda armonia;
dinanzi è l'azzurro del mare
ed Elio è un oriundo di là.

Nell'aria è l'odore di zàgare,
di dalie, limoni e lillà,
l'olezzo del giglio di mare,
l'aroma d'anemoni e alloro,
l'odor di giaggioli e gradìoli.

Giammai gigioneggia Emanuela
nei ruoli, monologo o dramma:
di lei menzionaron *Muzungu*,
e ora *L'amore e la guerra*;
Midolla e animelle io menziono
e rido riandando negli anni.

Lei, donna dai lumi di giada,
lui maliardo dal guardo di miele,
ormai in un mare di giuggiole
irradiano grande allegria:
adora lui lei e lei ama lui.

Addio a dì gelidi e grigi,
oggi è giorno di danze,
la gioia miraggio non è,
e ognuno di loro dirà:
"amami e riamami, *darling*".

Noi ora da lungi giungiamo
e già nel raggiungere i due,
leggeremo in loro la gioia
mirando ai loro anulari
gli anelli d'oro nuzïali,
legami a legare l'unione.

Guardando e gioendo ammiriamo
l'allegra e leggera zarzuela
dei loro linguaggi d'amore,
di mille maniere d'amare.

I due andranno ormai in uno
a mo' di germani gemelli,
a mo' della mandorla al mallo,
a mo' della rondine al nido
nel modo dell'edera ai muri,
nel modo dell'amo all'anguilla,
l'origano e la maggiorana,
del miele all'arnia alla maniera,
del gin e del rum in un grog.

E nel nono giorno di giugno
or giungono gaie e leggiadre
le nozze d'Elio e d'Emanuela.
A me oggi, un umil giullare,
aedo di umili rime,
rimane or a loro augurare
mai giorni di lagrime amare,
non giorni di ruggini e guerre,
mai urla né grida da udire
ma ognor melodie e armonia;
e noia l'amor mai raggeli.

E gioie e delizie a migliaia
a loro gli anni daranno,
daran d'ogni genere doni,
miliardi di lune di miele.

r. aragona

Michèle Audin
(avec Georges Perec)

un sixtin musical
qu'on trouva dans *La Disparition*

> On a dit parfois, j'ai dit moi aussi,
> qu'aucun sixtin fut commis par G.P. On a dit
> aussi, j'ai dit, moi surtout, qu'on trouvait
> tout dans *La Disparition*. Voici. Lisant j'y
> trouvai, tapi, un sixtin musical qu'y planqua
> jadis un scriptor malin.

d'obscurs trouffions (qu'on massacra)
millions d'habitants (qu'on abattit)
Fabius Maximus Rullianus (qui surgit)
solution (qu'il côtoyait, qu'il frôlait)
la vision qui l'hantait
sirop ? cordial ? oui !

sifflotant durant l'auscultation
d'Obradovitch la cloison (qu'il sacrifia)
l'abrasion au burin qui suivit
mis au point trois mois plutôt
sol battu, trois murs, un huis
Faustina, dit-il, baisant son cou

fascinait Ismaïl, la Faustina
si l'insignifiant yacht (qui sait ?)
solution sans discontinu
dodu vu sous nos climats
milan qui huissait (vibrant dans l'air)
l'affabulation s'imposait

la chanson d'un troubadour
farci tout un bataillon
mission d'aplatir l'archiduc
sitôt dit sitôt fait
d'or aux incrustations d'opalin
solus (locus où punir)

solution (s'il la connaît il la tait)
la façon d'un simili raglan
d'orpin, d'origan (parfum d'un corps)
fatras non concis d'autos (qu'on brûlait)
simili-cuir, l'or jauni du sous-main
minuit, au moins (il poirota)

mis un mot (trois jours avant)
sol qui m'a l'air trop lourd
six cocktails (qu'on s'offrit dans un bar)
laquais qui vint ouvrir
fascinait, attirait (un trou dans un flot)
dos faisant un mont nivial

coda

Solti l'initiant,
Donna Anna il croisa.
Las !
mi tonitruant,
signal obscur...
Fatum accompli.

Marcel Bénabou

Une morale pour Perec

La «morale élémentaire» est cette forme fixe que Raymond Queneau mit au point peu d'années avant de mourir. Elle se caractérise par la place qui est faite à une série groupes Substantif Adjectif que Queneau appelait des «bimots».

Les Oulipiens se sont très tôt emparés de cette forme et ont cherché à ajouter, aux contraintes proposées par Queneau, quelques contraintes supplémentaires.

J'ai pour ma part proposé la surcontrainte suivante: tous les substantifs et tous les adjectifs présents dans les bimots sont obtenus par une série de substitutions synonymiques à partir d'un «bimot» donné, qui n'apparaît en clair qu'à la dernière ligne du poème.

Ce recours à la substitution synonymique rappelle (pas par hasard) les tout premiers travaux que j'avais entrepris avec Georges Perec (la *Production Automatique de Littérature Française* ou PALF, et la *Littérature Semi-Définitionnelle* ou LSD): ils reposaient déjà sur une utilisation systématique tantôt de la définition, tantôt de la synonymie.

Voici donc une «morale élémentaire synonymique» composée à partir du titre d'un livre de Perec.

Officine secrète   officine ignorée   officine occulte
       officine louche

Echoppe nocturne échoppe subalterne échoppe méconnue
       échoppe clandestine

Baraque énigmatique baraque floue   magasin terne
      officine sibylline

Dites-moi donc,
vous qui savez,
que faire pour
trouver la voie
qui mènera
loin de ce monde noir

bazar hermétique   bazar fumeux   bazar impénétrable
      boutique obscure

Laura Brignoli Pusterla

L'inizio di Erec
Adulterazioni adulterate di un'adultera adulta

Dal fondo della foresta di Broceliando salì lo squillo di un corno: perpereeeeec!

Il suono che si diffondeva a ritmo ternario chiamava a raccolta tutti i cavalieri di Oleppo, la regione dai confini neuronali che si diffonde per contagio. Il re d'Aragona aveva dato avvio ai festeggiamenti in onore di Mnemosine, le Memoriadi, e ogni cavaliere era chiamato a dar lustro alla sua casata.

Le celebrazioni iniziarono con grande solennità: ogni tenzone sostenuta dai cavalieri del re d'Aragona si tramutava in vittoria. Uno solo non riusciva a guerreggiar con arte. Era Erec, il cavaliere dal motto di «Amore, More, Ore, Re» che si era maritato per amore. Si sa che questo tipo di legami non era cosa consueta in un'epoca in cui gli accordi tra feudatari sancivano per contratto le unioni matrimoniali, e ciascuno dei contraenti s'ingegnava a ricercare al di fuori del vincolo l'oggetto di una sincera devozione. L'amore che Erec provava per la sua sposa era perciò cosa fuori dal comune, quasi un insulto, certo motivo di scherno. Erec affrontava le irrisioni dei compagni con lo stesso coraggio con cui un tempo, in guerra, si buttava nella mischia. Ma ora era distratto, temeva che la lontananza nuocesse all'amore di lei, potesse ridurlo fino alla dissoluzione.

Così Erec, il cavaliere medievale, si rivolse al suo re; era il 1143:

«Ere complete, mio Sire, mi sembran trascorse da quando dovetti lasciar la mia sposa; Re, prìncipi, vassalli e

valvassori si unirono a voi per la festa, E io servo a poco:
il mio sguardo all'indietro è rivolto…».

Non piaceva al Re d'Aragona quell'inizio a calare che
indicava una sottrazione. Voleva diminuire la sua presenza
fino a scomparire? Non glielo avrebbe permesso:

«– E qual decisione annuncia il tuo verbo?
Re, sovrani e campioni danno esito incerto
Ere intere ci vorrebbero per vincer la partita
Erec sei necessario; se manchi tu per noi è finita.
Dimmi che accade…

«Mio sire, accade che mi sento mutilato, quasi come se
mi mancasse un pezzo, c'è un vuoto, una lacuna, un'assenza, una carenza.

– Una carezza?

– Potrebbe parer pari a sì poco, ma con quella si compie
l'intero mio essere, e in sua assenza quasi mi sento un
altro.»

Per non disperare doveva sparare, sì, s-parare, dividere,
e mostrare poi, parare davanti allo sguardo sovrano il pezzo
che manca. Trattavasi insomma di arare il terreno per convincere gli altri delle rare virtù di colei che si prostra nel-
l'are davanti al suo re per dir ciò che è.

E nel frattempo, alfin di contenderlo al re, la sposa sul-
l'are portava regali, rare primizie destinate ad arare ambizioni. E poi si soleva parare dei più begli ornamenti: lei
voleva sparare il suo uomo dal suo tristo sovrano. Essere
bella le consentiva di isperare nel potere della gelosia, sì di
non disperare chiusa sola al castello.

A Erec giungevano voci inquietanti: la sposa più avvenente del regno d'Aragona non si limitava ad attendere…
che poteva mai far così agghindata? Accoglieva cavalieri?
Coltivava amanti? A chi lasciava cogliere il frutto di tanta
beltà?

Sotto un salice Erec si struggeva, diventava magro come
un'alice: «non lice lasciar sola una sposa», diceva evo-

cando al presente un antico detto latino. «Thin ice», rincarava al suo fianco l'amico britanno. «C'è una sola cosa da fare, ed è andare».

La sposa frattanto affinava la truffa: far credere al mondo di voler prender l'ali con chi dei presenti vincesse la ruffa. Però si struggeva: «Uffa – pensava – fa male aspettare in un vuoto castello».

«Basta – decise Erec – rientro immantinente». Il vessillo a mezz'asta indicò al Re la sua decisione. Ma quegli: «Sta fresco» pensò e così lo attaccò:

«Sposa è chi copia il tuo modo di fare,
chi prende una posa per poterti plagiare,
chi osa imitar per il suo tornaconto
e sa ricalcar senza dartene conto,
a...».
Ma il cavaliere Erec osò interrompere il suo sovrano:

«A me ciò non pare, mio sire:
chi sa accompagnar senza rendersi servo
ed osa seguir senza proferir verbo
non prende una posa per potermi legare,
ma sposa soltanto il mio modo di fare».

Non si aspettava, il Re, cotanto furore:
«Di ciò che difetta tu parli con vero trasporto
al punto che quasi io tendo all'asporto.
Son sporto oramai a lasciar che tu segua
la tua nave al suo porto e con essa la tregua.
Ti attende conchiuso il tuo orto radioso?».

Or, questo l'avrebbe saputo al ritorno.

Per il momento la sposa, avuta notizia che il suo cavaliere volava da lei, batté le mani, canticchiò un poco e terminò con una piroetta:
«Hooop! Erec è una buona lenza. E io...– sorrise, maliziosetta – l'amo».

Anna Busetto Vicari

per perec

Massimo Gerardo Carrese

Profilo

Perec, Georges: *La Disparition*

Ada De Pirro

Racconto pittografico
alla maniera di *Tentativo di esaurimento di un luogo parigino*

Un si accosta alla vetrina del caffè. Piove da due giorni e il clima è piuttosto umido e freddo. La sciarpa che porta ha un vistoso e un curioso piccolo disegno con una .

Passa l'autobus che porta alla periferia sud della città, schizza un passante che ha l'aria di essere straniero, sembrerebbe un Non succede nulla di particolare, inizio a pensare alla dell'inverno, quando il sarà e gli alberi torneranno carichi di   in cui si possono scorgere le . Sembra incredibile ma mentre ci pensavo è passato un uccellino intirizzito e ha sbattuto   sulla vetrina del caffè dove sono seduta.

Un bambino cammina mangiando un panino probabilmente con del .

Lecca-lecca, patatine, caramelle, crêpes, coca-cola.

Sono le tre e trentatré

Finisco il caffè che il cameriere con il grande mi aveva portato alle 15 e 14, ordino una di torta

Fuori una ragazza si avvia con    veloce verso una mac-

china che    sta aspettando al semaforo

i suoi   si incrociano per un momento con i miei.

Le squilla il telefono e lei risponde    .

Anche io a volte rispondo così.

Borsetta color    , stivali neri, cappotto decorato con

un arabesco argentato che sulla zona dei 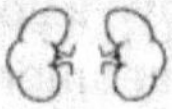   si infittisce.

Kitsch.

Cartello pubblicitario: uno    su una montagna piena di

neve, scritta "Vieni a sciare, il tuo   manica!"

Altro cartello: una birra di marca " 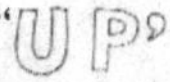   ".

Entrano due signori, si tolgono il soprabito, stanno evidente-

mente proseguendo una conversazione, riesco a sentire una

frase in cui distinguo solo la parola

Daniela Fabrizi

Crepe, crêpe e una prece per Perec

Crepe

"… solo i peri posti a merano cara ele acquisterai, pezzi unici; è semplice domani possibile, fida; ma se a peri minuti or tenti, o un mezzo prodigio menti, peccherai sister …"

Crêpe

arancia amara, sucré sucré, sussurrava sciuè sciuè, morso a morso, uovo a uovo, sorso a sorso ricordava, senza sonno già sognava: amore era e amore è, senza orari e senza se, suono a suono, macramé, amaro mio sucré sucré, senza senso e senza ma, senza senno e senza me, ancora e ancora, amore ormai: noi in uno, ora e mai.

Prece
Père Perec …

Paul Fournel

Les dictons de Georges Perec

Gros travail en hiver, gaffe au grog
Été éreintant vive l'automne
Obscur objet du désir, bravo
Relire et se retourner sur soi donnent à fléchir
Gros scénariste flemmard, grouille-toi se me faire un gag
Être ou ne pas être n'est pas la réponse
Sans amour et sans haine, quelles délices

Parmi les vignes, belle poulette, un cinq à cep
Écoute et tends l'oreille, c'est la trompette
Rendre à César sa place dans le car
Étonnement du voyageur, la terre même est ronde
Claque fort, texte contraint, demain tu seras au bac

Jacques Jouet

Un acrostiche brivadois

Pour qui rêver si turbulente une vie, *wer* ?

En fête galante, hénaurme incendie ? Je kidnappe les mots nus ou peignés qui ronronnent sous ton unique voyelle, *wo* ?

Raisonnant son trouble, une valse, *wenn* ?

Et flexible graphitant hors ignorance janséniste. Kafka lézarde ma nature orgueilleuse, pourquoi?
[Qui reste sec, très unique virgule, *warum*?
Consonne difficile en français, grêle, hétérogène, inhabituelle, je klaxonne librement,
[mon nez ourdit plusieurs questions responsables sans trouble, une vision: *W*.

Paolo Pergola

Sapere come classificare

Classificare non è semplice, si rischia di farlo per eccesso o per difetto. A primo acchito, a uno verrebbe da recensire tutto per rompere con gli schemi mentali della sintesi e chiudere definitivamente la questione. Poi, per economizzare sulle parole, viene voglia di tralasciare qualcosa. Tutto si può classificare, basta sapere cosa ci interessa riunire sotto il cappello di una data categoria, per echeggiare una vertigine tassonomica. A volte, dentro di noi, la voglia di classificare irrompe reclamando attenzione. Enumerare dà gioia. Sapere che non esiste nulla di così unico da non entrare in un elenco è insieme esaltante e terrificante. Solo un miope recalcitrante potrebbe opporsi a questa voglia di generare una legge universale per e con la quale poter gestire l'esistenza e la storia stessa. Per eccellere nell'arte di classificare bisogna sapersi concentrare. Provate a interrompere chi è intento a elencare una qualsiasi serie di oggetti! Chi ne è partecipe recita la sua parte fino in fondo, si focalizza al massimo, è super eccitato e non desidera affatto essere distratto, per nulla al mondo. Esistono degli strumenti specifici per classificare. Per la storia, stampe, recensioni e libri antichi aiutano la catalogazione. Per gli spazi, si usano mappe recenti, ma anche quelle antiche possono dare delle indicazioni interessanti per eccitare la fantasia della gente, vedere come sono cambiate le strade, e le altre opere che fanno gli uomini per rendersi la vita più facile. Ad esempio, l'uso dello stop è recente e consente alle donne che tornano da aver fatto le compere coi loro mariti, di traversare la strada senza paura. Chissà come si viveva senza gli stop, e recarsi dal fruttivendolo era un'avventura, soprattutto al ritorno, portando un sacco di pere che impediva di vedere dove mettere i piedi. Un famoso scrittore d'Oltralpe recuperava spesso molteplici immagini viste per strada, sia di cose che di persone, per eccepire l'idea che gli elenchi fossero noiosi. L'uomo è ipereccitabile per natura e quindi gli basta poco, anche solo guardare la gente, per far partire l'istinto di produrre liste infinite. Pure sapere chi ci sta davanti è un processo inventariale. Infatti anche un uomo si può classificare: un principe, re, condottiero, oppure un servo, un mendicante, un peracottaro, cioè un venditore di pere cotte, mestiere che va purtroppo sparendo, come, dovete sapere, centomila altre cose. In fondo il mondo è solo un lungo elenco di cose che finiranno un giorno per eclissarsi. Che classificarle forse possa donar loro una qualche immortalità? Cosa direbbe Perec?

Astrid Poier-Bernhard

leben eben. perecs leben. es lebe perec

entstehen
werden, werden
erden
erleben
sehen
menschen begegnen
eltern kennen lernen
begehren, ersehnen, erstreben
quengeln
benennen
bewerten
denken
sprechen
stehen
gehen
brezeln essen
essbesteck verwenden
hefte zerfleddern
lettern erkennen
erste texte lesen
weh, weh: weltbeben erleben
weh, weh: sehr schlechtes vernehmen
weh, weh: erlebtes vergessen
fehlerquellen entdecken
kehrwert berechnen
repetenten helfen
gerne rennen, gerne pennen, gerne fernsehen (?)
semmeln verzehren
Verne lesen
texte entwerfen
regeln verstehen
der wege gehen
welt kennen lernen
herbergen belegen

pferde pflegen (?) pferde stehlen (?)
menschen beherbergen
tee kredenzen
erdbeeren essen
nebenstelle bemerken
fernsprecher verwenden
menschen beschenken: engel? elfen?
werben, werben
beherzt fensterln (?)
welt beleben
der ehe entgegengehen
ehrenwertes versprechen
federbetten erstehen
erlesenes erwerben
lebensthesen erstellen
texte entlehnen
werke bemerken
verslehre beherrschen
lesenswerte texte empfehlen
sehr seltene verse erdenken
erbeben, erheben
schwellen erhellen
felder begrenzen
grenzen des denkens entfernen
elemente entflechten
thesen verfechten
„e"s wegdenken
„e"s entdecken
gepflegte feste geben
festessen bestellen
becher schwenken
szenen festlegen
leben erdenken
ehrengeschenke entgegennehmen
ephemere leben vergehen sehen
selbst sterben
sehr verehrt werden
gern gelesen werden
bestehen: *éternellement* ...

Jacques Roubaud

Dix-neuf aventures de Perec

1 Perec sirote un pernod en écoutant de la musique techno
2 Après deux heures de pêche, Perec constate que sa peau est rêche
3 Perec se désole de la disparition d'innombrables langues et dialectes
4 Perec examine à la loupe les accrocs dans ses chaussettes et recoud
5 A l'heure de l'apéro, Perec tend l'oreille pour saisir les échos
6 Perec trouve qu'Andromède se plaint avec excès pour attirer
                                        [l'attention de Persée
7 Perec se demande si, dans son exil, il trouvera assez de persil
8 Ce jour-là Perec a peur et prend du recul
9 Perec perdu sur le périf regarde les grands immeubles
                            [qui lui semblent des récifs
10 Perec pense que ce ne serait pas une perte si on se débarrassait
                                        [des sales insectes
11 Recalé au bac, Perec part en ballade dans les alpes
12 Perec, au cinéma, se surprend à ramper derrière l'écran
13 Perec, troufion, récure sa gamelle. L'adjudant ne lui fait pas peur
14 Cette fille, pense Perec, ne manque pas d'éclat,
                    [avec son soutien-gorge *La Perla*
15 Pour défendre Enide, Erec sort son épée. Perec admire
                                [Chrétien de Troyes
16 Sitting in his church-pew Perec reads Hopkins's
                        [*Wreck of the Deutschland*
17 Séduit par la réclame, Perec boit une lampée
                        [de Gueuse Lambic
18 Perec, collégien, lit Péret à la récré
19 Qu'espère Perec, dans ce bar ? Un whisky sec ?

Hermes Salceda

Georges Perec
Portrait

Tentative d'épuisement des choses
Les choses ou le souvenir d'enfance
Les choses : quel petit vélo !
Les choses ou la vie ?
Les choses ou alphabets ?
Les choses : espèces d'espaces
Les choses : histoires d'errance et d'espoir
Les choses d'un homme qui dort
Les choses ou la boutique obscure
Les choses ou le cabinet d'amateur
Les choses, mode d'emploi
Les choses ou la clôture
Les choses... la disparition
Les choses... je me souviens...

Tentative d'épuisement des alphabets
Alphabets, ou le souvenir d'enfance
Alphabets : quel petit vélo ?
Alphabets, ou les choses
Alphabets : espèces d'espaces
Alphabets ou la vie ?
Alphabets : histoires d'errance et d'espoir
Alphabets d'un homme qui dort
Alphabets ou la boutique obscure
Alphabets ou le cabinet d'amateur
Alphabets, mode d'emploi.
Alphabets ou la clôture
Alphabets... la disparition
Alphabets... je me souviens....

Tentative d'épuisement de la vie
La vie ou le souvenir d'enfance
La vie : quel petit vélo ?
La vie ou les choses ?
La vie : espèces d'espaces
La vie ou alphabets ?
La vie, histoires d'errance et d'espoir
La vie d'un homme qui dort
La vie ou la boutique obscure
La vie ou le cabinet d'amateur
La vie, mode d'emploi
La vie ou la clôture
La vie... la disparition
La vie... je me souviens...

Olivier Salon

Georges Perec

Ce corps, écorce ocre, roc grège, prospère.

Pro, ce père.

Ce gosse espère.

 *[e.g. Égée: Égée, ce Grec, espère. Ce père se presse.
Ce père espère. (Espérer? ce père cesse.)]*

Ce corps ose! Ce gogo propose ! Ce propre ose.
Propres roses. Roses reposées.

Go ! Ce gogo resserre ses roses.
Ce gogo pèse ses propos. Prose propre. Prose écopée.

Propos corsés. Propos resserrés. Propos écossés.

Ce corps pérore : propos précoces.

Roc.

Eros.

Ce coco opère, pèse, repèse, progresse;
ce coco serre ses propos. Resserre ses propos.

Ce préposé corse ses propos.
Ce préposé opère, coopère.

Ce coco crée.
Repéré, ce coco ose épopées, ce pro ose prosopopées.
Prose prospère. Prose corsée.

Ce coco recrée.

Or, ce corps régresse. Ce corps s'essore.
Ce corps se presse. Gros os roses, gros os percés.

Grosse crosse. Grès grège.

Cor.

Rose.

Or, propos! (Gros porc! Gros roc! Coco croco!
Corps rococo!) Gros crocs. Cor.

Pressé, corps oppressé, ce corps s'oppose.
Crêpe percé. Corps escroc. Ce corps cesse.

Gorge essorée. Corps sec.

Repos.

Antonella Sbrilli

Rebus

Rebus (3 *1* 2' 9)

* I disegni sono di Valerio Eletti

Gigi Spina

Non, je ne me souviens pas!

Non, je ne me souviens pas de Jerôme. Non, je ne me souviens pas de Rufus. Non, je ne me souviens pas de Madera. Non, je ne me souviens pas de Geneviève. Pas de Mila. Pas de Nicolas. Non, je ne me souviens pas de Split, de Genève, de Paris. Non, je ne me souviens pas de Grottino, de Memling, de Cranach, de Botticella, d'Antonello. Non, je ne me souviens pas des Rois mages, des Vierges à l'Enfant, des Christ-Roi, des Résurrections, des Donateurs, des Princes et des Princesses, des Fous et des Suivantes, des Bourgeois de Brême, des Chevaliers du Sépulcre, des Déjeuners sur l'herbe, des Ponts près de Blois, des trois Pêches sur une table, des Barques à Saint-Omer. Non, je ne me souviens pas des cassettes maçonniques, des totems, des bois sculptés de la Haute-Volta, du trois pence bistre de la Jamaïque, des sesterces dioclétiens. Non, je ne me souviens pas de Gstaad et d'Altenberg.

Hélas, mon cher Georges, tu pourras continuer a m'interroger jusqu'à la fin des temps, jusqu'au jugement dernier. Ma réponse sera toujours la même: non, je ne me souviens pas!

Mais, si tu, finalement, me demandes: 'Tu te souviens de ta vie?', oui, bien sûr, je me souviens de *ma* vie!

Un de tes lecteurs, le plus ingénu, peut-être.

Aldo Spinelli

Definizionario

Nel libro *Les Mots Croisés*[1] Georges Perec propose uno schema di parole incrociate formato da una sola casella:

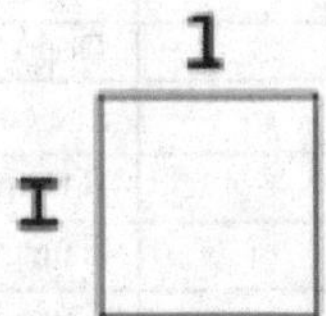

Horizontalement
I. *Voyelle*.

Verticalement
1. *Consonne*.

(soluzione: Y)

Alcuni anni fa (2003) ne ho tradotto lo spirito con questo schema:

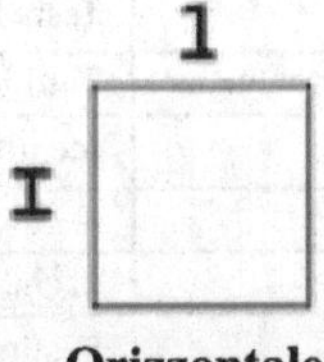

Orizzontale
I. Un numero

Verticale
1. Una lettera

(soluzione: O)

---

[1] Georges Perec, *Les mots croisés*, Éditions Mazarine, 1979, pag. 5

Rispettando la regola implicita di Perec, ciò che conta è che le due definizioni siano in qualche modo collegate (questa è la vera *contrainte*) cioè opposte, simmetriche, complementari, ossimori, bisticci, anagrammi, enigmi vari, $O = f(V)$ e $V = f(O)$ e chi più ne ha più n'è matto!

Con queste intenzioni e con il medesimo principio, ecco un vocabolario di definizioni.

	orizzontali	verticali
A	Preposizione italiana	Articolo inglese
B	Se è minuscola ha un occhiello ...	Se è grande ne ha due
C	Dopo 'a' indica una data	Dopo 'd' indica una data
D	Un Re in Inghilterra ...	... è come cinquecento a Roma
E	L'inizio dell'esordio	Il termine della fine
F	Una nota tedesca	È una vera forza fisica
G	Il punto femminile	È una base del DNA
H	È equivalente a	Non è equivalente a ...
I	Un articolo	Immaginario
J	Il matto delle carte	Misura il lavoro
K	Sta con la spada	Sta sul camino
L	Una taglia che si indossa	Mostra un angolo di 90°
M	Un metro ...	... si raddoppia nel suo millesimo
N	Da solo, è un numero generico ...	... duplicato, è una persona generica
O	Un numero	Una lettera
P	Un greco irrazionale	Si muove sulla scacchiera
Q	Un romanzo	Testa l'intelligenza
R	Alcuni non la possono pronunciare	Tutti la usano due volte per scrivere
S	È quasi un dollaro	Identifica gli Euro emessi in Italia
T	Croce egizia ...	... che sta due volte in Egitto
U	È un'inversione ...	... che sta nel tubo
V	Vi è un errore	Sostituisce l'erre moscia
W	Evviva	Il consumo dell'energia
X	È davvero ignota	La firma dell'analfabeta
Y	La seconda incognita	Rappresenta un bivio
Z	Il numero atomico	È un'orgia del potere

Giuseppe Varaldo

Identikit lessicali

Vuoi di cinque sorelle, vuoi persino
nel gruppo di ventuno (o ventisei)
comunque il primo posto è di costei,
simbolo dell'eterno femminino,

di certo il più conciso e genuino,
e di un livello ottimo, direi.
Irreperibile purtroppo è lei,
che non si scorge intorno né vicino

e che, se semplice preposizion,
suole introdurre il termine ed il moto,
o, se prefisso, sostituisce il "non".

In poche righe di un suo testo noto
(il libro privo d'*e*, non le *Istruzion*)
l'esimio Georges Perec l'escluse *in toto*.

Chi unita all'*ics* forgiò un'antica fiamma,
ma uscita o andata via risulta mo,
da uno strano romanzo già mancò:
sotto forma di giallo o finto dramma,

fu in sostanza l'occulto lipogramma
di un ludologo iscritto all'OULIPO.
Tanto in maiuscolo indicarci può
il modulo di Young o l'ampia gamma

di additivi magari artificiali,
quanto in minuscolo la fuggitiva
significa valori mai banali,

tipo la carica non positiva
di un atomo... Ma fra gli scopi usuali
risalta la funzion copulativa.

Spesso col punto sopra a mo' d'accento,
sempre allungata e stretta è la vocale
testé scomparsa, che nel tempo attuale
a volte contrassegna un elemento,

ma che dal padre Dante nel Trecento,
con l'apostrofo dopo o tale e quale,
fu promossa a pronome personale,
come soggetto o come complemento.

E se comunemente nel parlato
al portoghese *os* o al *los* spagnolo
questo grafema aguzzo va accostato,

preposto a *emme* o *esse* oppur da solo
– emblema allor del nostro stesso Stato –
assume sulle targhe un altro ruolo.

La lettera sparita (chi l'ha vista?)
rimanda indubbiamente alla figura
più esatta e più perfetta che in natura
e nel pensier s'immagini ed esista,

e rimembrar ci fa il sublime artista
che restaurare seppe la pittura,
da lui umanizzata addirittura,
e che agli inizi, in veste di apprendista,

rifulse più dell'apprezzata stella
del celebre ed insigne Cimabue.
Disgiuntiva è siffatta particella,

ma fra le gran benemerenze sue
attestare si deve pure quella
di star nell'acqua insieme all'*accadue*.

È *last and also least*, se molto meno,
nonostante rièvochi alla mente
le valli e le inversioni, inver si sente
l'assenza di codesto mezzo seno,

che dalle concordanze appare alieno
e che pertanto assai difficilmente
nell'Italiano classico o corrente,
al contrario del Sardo e del Romeno,

in fondo di parola viene messo.
Ma non è raro, ohibò, che lo preceda
l'amica affezionata che con esso

(non in *Qatar* però, né in *Al Qaeda*)
s'accoppia ognor, sebbene senza sesso
in genere, e a ragione, lo si creda.

Eliana Vicari Fabris

Une expo à succès

Quinze jours venaient de s'écouler et le salon où était accrochée la toile d'Henriette Kürze était envahi d'un tel flot de monde que les organisatrices se virent contraintes de ne laisser entrer les visiteuses que par des groupes de vingt-cinq et de les faire sortir quinze minutes plus tard. Par une subtilité supplémentaire, l'endroit avait été aménagé dans le but de reconstituer de la manière la plus fidèle possible la boutique de Fraudame Rafflke. Une boutique d'amatrice en occupait toute la paroi en face de l'entrée [...]; les seuls autres tableaux exposés dans le salon étaient ceux qui provenaient également du patrimoine artistique personnel de Mme Rafflke et ils étaient disposés sur les parois à des positions correspondant à celles qu'ils occupaient sur la toile d'Henriette Kürze.

Aucune visiteuse ne sembla jamais se lasser de comparer les œuvres originales et les fac-similés miniaturisés, de plus en plus petits, d'Henriette Kürze. Très vite on s'amusa à calculer que les dimensions du tableau étaient d'une toise et demie sur une, que la première «toile dans la toile» avait encore près d'une demi-toise de longueur sur trente-six centi-toises de hauteur, que la troisième ne faisait plus qu'environ six centi-toises sur quatre, que la cinquième n'avait même pas les dimensions d'une vignette, et que la sixième ne faisait pas trois milli-toises sur deux.

Et vingt-quatre heures après la journée où une quidamesse (ou à la rigueur une quidane) - qui s'était munie d'un compte-fils de bijoutière et s'était fait faire le court escalier par deux commères, affirma qu'on y distinguait très précisément la femme assise, la cavalette de peintresse supportant la représentation de la femme tatouée, et de nouveau le tableau avec de nouveau la femme assise et de nouveau enfin la toile devenue une mince ligne d'une demi-milli-toise de longueur - un certain nombre de visiteuses (grosso modo trente) arrivèrent avec tout genre de compte-fils et de loupes, inaugurant un rituel fashion qui, pendant une saison ou deux, fit le bonheur de toutes les marchandes d'instruments optiques du centre urbain.

L'activité récréative favorite de ces observatrices maniaques, qui revenaient plusieurs moments par journée examiner systématiquement chaque centi-toise carrée de la toile, et qui déployaient du génie à profusion (ou des tours acrobatiques audacieux) pour tenter d'aller mieux regarder les éléments supérieurs du tableau, était de découvrir les écarts existant entre les divers exemplaires de chacun des ouvrages représentés, à l'échelle minimale de leurs trois premiers spécimens, le plus grand nombre des particularités cessant évidemment ensuite d'être distinctement discernables. L'on aurait pu penser que l'intention de l'artiste (de la peintresse, ou de la femme peintre si l'on préfère) était d'exécuter à chaque coup des duplicatas aussi fidèles que possible et que les seuls remaniements perceptibles lui avaient été imposés par les confins mêmes de l'art pictural. Mais l'on ne tarda pas à s'apercevoir qu'elle s'était au contraire astreinte à ne jamais recopier strictement les formes archétypales et qu'elle semblait avoir pris une joie maligne à y introduire coup après coup un renouvellement minuscule : d'un duplicata à l'autre, des figures, des particularités, disparaissaient, ou changeaient d'emplacement, ou étaient remplacées par d'autres: le pot à thé de la toile de Rabatte devenait un pot à café de céramique bleue; une championne de pugilat encore vaillante dans le premier exemplaire, recevait une terrible mandale dans le second, et était par terre dans le troisième ; des *maschere* vénitiennes et carnavalesques (Un festin à Ca' Tose de Rosalba Carriera) emplissaient un petit square d'abord désert ; un homme voilé, une petite mule, une chamelle à une seule bosse disparaissaient l'une après l'autre d'une vue de Tunisie...

Giorgio Weiss

Per Perec

Per il genial cervello
offro pensieri e preci.
Mi piego in terra e invoco
il prevaler del cielo.
L'Oplepo ti rivendica
qual precursor eccelso
e per l'omaggio cerca
imprese di ricerca.
Opere al suo cospetto
di percezioni e scienza.
Speriam di meritarci
di poter stare al fianco
dell'invitto Perec.

Gianni Zauli

Parole in ordine

Sì è vero son testardo.
Collocai, con azzardo
e rispetto per davvero,
e costanza, son sincero,
sul bracciol della poltrona
manoscritto che incorona
– senza far azione ardita
nel bel gruppo che dà vita
con ossesso e restrizioni
a una banca d'intuizioni –
Gerges Perec, d'idee vulcano,
che allucina col suo arcano
espiantando con pazienza
la vocale d'eccellenza.

SAGGI

[…] Per piacere, non meno che per obbligo, Perec fu condotto a interessarsi alle discipline più diverse e lo fece più da specialista che da dilettante. Così, lui che aveva concepito l'ambizioso progetto di cimentarsi in tutti i generi letterari, fu attirato ben presto da quella forma di scrittura particolarmente dilettevole che è l'imitazione di testi scientifici […].

Marcel Bénabou

(dalla "Prefazione" a:
Georges Perec, *Cantatrix sopranica L.*, Bollati Boringhieri, Torino, 1996).

Paolo Albani

Sui comportamenti bizzarri tenuti nella sfera del privato
Risultati dell'inchiesta "Demostar"

L'agenzia Demostar di Milano ha reso noti in questi giorni (ottobre 2012) i risultati di un'indagine su campione che ha coinvolto 5.426 individui italiani di entrambi i sessi, con un'età compresa fra i 22 e i 55 anni, di varia estrazione sociale, livello scolastico e zona geografica.

Il questionario sottoposto ai soggetti del campione è stato approntato su un'unica domanda aperta, formulata in questi termini:

Quali comportamenti strani, curiosi, bizzarri siete soliti tenere in privato, magari davanti allo specchio del bagno mentre vi lavate i denti o in cucina quando state preparando la cena o durante una pausa di lavoro al computer, o in macchina viaggiando da soli, azioni che mai vi verrebbe in mente di compiere in pubblico, nemmeno in presenza dei vostri cari o degli amici più intimi?

Le risposte raccolte dall'agenzia Demostar (tutte rigorosamente anonime) sono interessanti perché fotografano da un angolo visuale inconsueto, e perciò stesso aperto a riflessioni innovative, una dimensione psicologica del singolo che si esterna in condizioni di assoluta intimità e riservatezza, vale a dire in uno stato psico-fisico ove più attenuati si presentano i freni inibitori e le autocensure di carattere socio-culturale.

Dall'indagine svolta dalla Demostar emerge un primo dato significativo: i gesti più diffusi, e se vogliamo anche i più attesi e prevedibili messi in atto nel privato, cioè al riparo da occhi indiscreti, riguardano in primo luogo la "sfera corporale" e sono suddivisi in:

a) *comportamenti corporali in senso stretto* (33% del campione):

a1) *bassi*: espettorazioni; fuoriuscita rumorosa di gas intestinali; investigazioni prolungate delle parti intime; pulizia manuale di entrambe le cavità del naso e dei padiglioni auricolari con relativa minuziosa osservazione del materiale organico (muco e cerume) estratto;

a2) *ginnici*: strofinamento della schiena sullo stipite di una porta o sullo spigolo di un muro; lucidatura di una scarpa sul pantalone dell'altra gamba; frequente è anche la pratica di appoggiare una mano nell'incavo del braccio opposto a quello della suddetta mano e tenuto piegato, così da riprodurre il classico "gesto dell'ombrello", gesto solitamente rivolto all'indirizzo di un fantomatico interlocutore con cui il soggetto finge di dialogare e a cui si rivolge con un perentorio: «Tiè»;

b) *comportamenti espressivi* (27,4% del campione):

b1) *facciali*: occhi torti o alla cinese; gonfiamento delle gote accompagnato da sguardo ebete; espressioni di odio rivolte alla propria immagine riflessa nello specchio apostrofandosi: «Idiota! Fallito!» (classe degli autodistruttivi corrispondente a un 8,9% del sottocampione); viceversa lancio di bacini verso sé stesso esclamando: «Bello! Sei bello!» (classe dei narcisisti, 18,1% del sottocampione);

b2) *circoscritti alla bocca*: linguacce alla maniera di Einstein; smorfie di vario genere quale dilatazione estrema della bocca con gli indici delle mani; sbadigli colossali con arruffamento dei capelli per assumere l'aria da musicista esaltato o scienziato pazzo;

c) *comportamenti vocali* (18,6% del campione):

c1) *propriamente sonori*: imitazioni di versi di animali, in particolare di galline (nelle risposte del questionario si sprecano i «coccodè» e i «chicchirichì») e di scimmie con relativa grattata in testa; altre onomatopee (tipo «pereperepepè»; «trallalero trallalà»; ecc.); parole in libertà alla maniera futurista; urla improvvise, assordanti e spaventose;

c2) *ludico-infantili*: filastrocche prive di senso (sulla falsa riga del celebre: «Ambarabà ciccì coccò, tre civette sul comò», analizzato da Umberto Eco); scioglilingua; cantilene; forme esotiche di grammelot (come nel caso di un macellaio di Ravenna, dal fisico corpulento, cui piace nel privato parlare in finto giapponese, muovendosi nella stanza con le cadenze tipiche dei lottatori di sumo e, come questi, assumendo atteggiamenti minacciosi).

Il 13,8% del campione dichiara di lasciarsi andare spesso a movimenti disordinati e ridicoli quasi sempre compiuti sotto l'effetto di musiche frenetiche tipo twist, rock and roll, boogie-woogie, samba ecc., ascoltate a volume altissimo, movimenti che producono figure e passi coreografici completamente improvvisati e a volte pericolosi, fonte spesso di cadute maldestre, come quando lo scatenamento danzante si verifica all'interno di un box doccia. Nella relazione della Demostar sono indicati con il termine di *comportamenti scomposti*. Un meccanico di 24 anni, abitante in provincia di Belluno, scrive che quand'è contento, perché magari ha ricevuto una telefonata affettuosa della sua ragazza o ha vinto dei soldi al totocalcio o al bingo, per manifestare la sua gioia si mette a ballare intorno a un tavolo di cucina alla maniera degli indiani d'America quando invocano la pioggia e lo fa come si vede nei film western, saltellando piegato in due, le braccia che vanno avanti e indietro ritmando il canto propiziatorio dei pellerossa: «Eia eia eia eia! Eia eia eia eia ah!»

C'è poi un 7,2% del campione che afferma di non saper resistere, quando si trova da solo, alla melodia di un ritornello che gli è entrato nella testa e lo perseguita ossessivamente, e di mettersi a canticchiarlo per ore e ore e di continuare a farlo, visto che tanto non può infastidire nessuno, fino alla nausea, in modo martellante. Sono questi i comportamenti definiti *musicali*. In una delle risposte al questionario della Demostar una signora di Lucca scrive che una volta, per tutto il tempo in cui ha rimesso a posto le piante di una serra, da sola in campagna, ha cantato per 5 ore e 39 minuti di fila, senza interrompersi mai e senza riprendere fiato, il ritornello: «Vamos a la playa / oh, oh, oh, oh, oh / vamos a la playa / oh, oh, oh, oh, oh».

Una piccola percentuale di quel 7,2% del campione confessa poi che a volte gli succede di ripetere come un automa, mentre è impegnato in occupazioni domestiche, slogan pubblicitari o frasi sconnesse, incomprensibili. In quest'ultimo caso si tratta quasi sempre di parole storpiate di canzoni straniere, per lo più inglesi, o di brani sbagliati – «Amami, Alvaro, quant'io ti bramo… Addio.», «Va, sentiero, sull'Alpi dorate…» – di libretti di opere liriche.

Ecco il grafico in cui sono riassunti i risultati dell'indagine Demostar (naturalmente le percentuali si riferiscono alle varie tipologie di «comportamenti bizzarri tenuti nella sfera del privato»):

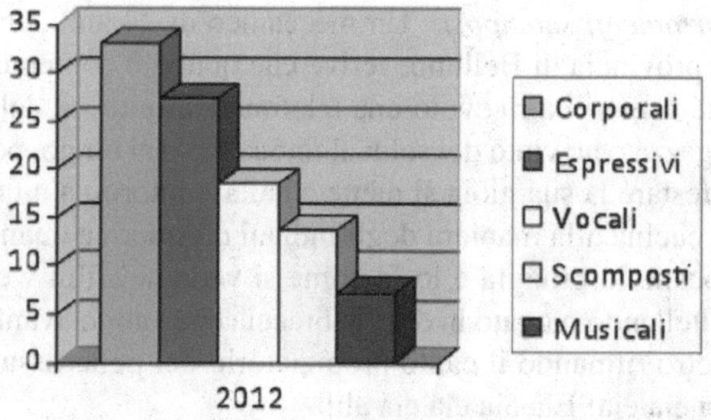

Di un certo interesse sul piano psicologico sono infine alcuni casi singoli, dei veri e propri *unicum*, degli *hapax legomenon* comportamentali riconducibili a persone le cui azioni in privato non trovano riscontro in nessun altro soggetto del campione Demostar. Un esempio per tutti. Un giudice napoletano di 54 anni scrive che lui, prima di uscire di casa, ha l'abitudine di sputarsi sulle unghie delle mani, sempre che la moglie e i figli non siano presenti. Dopo di che si struscia velocemente le estremità delle dita e ci soffia sopra. Compiere questo piccolo gesto di riguardo verso la propria persona, scrive ancora il giudice napoletano, lo predispone – per quanto non sappia bene perché – ad affrontare meglio la giornata.

Raffaele Aragona

La Scienza delle Distruzioni
Fondamenti e formulazioni teoriche iniziali

Sommario: *Dopo una premessa nella quale vengono delineate le origini, le motivazioni e la necessità della specifica disciplina, se ne tracciano gli àmbiti e le finalità affrontandone lo studio attraverso una iniziale formulazione teorica e avvalendosi, tra l'altro, di considerazioni legate alla dissipazione dell'energia. Particolare attenzione è infine prestata alla non ricca bibliografia sul tema la quale enumera testi ancora privi di un sistematico approccio al problema, ma comunque forieri di interessanti suggerimenti e anticipazioni*

Résumé: Après avoir exposé les origines, les raisons d'être ainsi que l'utilité pratique de cette discipline, on tracera ses champs d'application et ses finalités à travers une étude théorique et quelques

---

(*) Docente di Tecnica delle Costruzioni nell'Università "Federico II" di Napoli, R.A. ha da qualche tempo abbandonato gli studi sulla stabilità delle strutture alte e delle costruzioni antisismiche per dedicarsi ai problemi fondamentali della S.d.D. i cui primi risultati sono contenuti nella sua relazione dal titolo *Per una distruzione del costruito*, contributo italiano al Convegno Internazionale della *Facultad de Ciencias Inútiles* de Barcelona, Vilallonga del Camp (Tarragona), 21-23 marzo 1998.

(**) Di una prima stesura di questo studio (1999) è riferito in *Forse Queneau. Enciclopedia delle scienze anomale* (pagg. 38, 117, 118) di Paolo Albani e Paolo della Bella (Zanichelli, Bologna, 1999). Questa plaquette dedicata a Georges Perec è ora una buona occasione perché la ricerca raggiunga finalmente anche un folto pubblico oplepiano e non.

considérations liées à l'énergie dissipée. Une attention particulière sera réservée à la maigre bibliographie existante sur ce sujet comprenant quelques textes dépourvu de toute approche systématique au problème, mais où l'on pourra glaner de suggestives anticipations.

Sumario: Después de una introducción en la que se esbozan el origen, el interés y la necesidad de la materia específica, se delinean los ámbitos y las finalidades de la misma, se plantea su estudio a través de una formulación teórica inicial y aprovechando, entre otras, consideraciones relacionadas con la disipación de la energía. Por último, se pone una especial atención en la, por lo demás, no demasiado rica bibliografía sobre el tema, en la que se enumeran textos aún sin un enfoque sistemático del problema, pero, en cualquier caso, precursores de interesantes sugerencias y anticipaciones.

Abstract: Following preliminary remarks delineating the origins, the motivation and the needs for this specific discipline, the essay outlines the discipline's scope and purpose, approaching the analysis through an initial theoretical formulation, and making use, amongst others, of remarks on the dissipation of energy. Finally, special consideration is given to the scarce bibliography related to this topic, which enumerates texts not yet following a systematic approach to this issue, however heralding interesting suggestions and intuitions.

Zuzsammenfassung: Nach einer Einleitung, in der man den Fachursprung, ihre Begruendung und Notwendigkeit beschreibt, werden seine Bereiche und Finalitaeten erklärt. Die Erforschung wird anfangs durch einer theorischen Fassung und mit der Hilfe von Bemerkungen unternommen, die mit Energieverlust verbunden sind. Besondere Aufmerksamkeit wird schließlich der nicht reichen Literatur über das Thema zugewandt; sie zählt Werke auf, die noch keinen systematischen Annährungsversuch haben, aber verkünden trotzdem interessante Anregungen und Voraussichten.

Premessa non essenziale

L'ordinaria attività costruttiva non potrà avere un futuro promettente e qualificato senza gli studî, le sperimentazioni e i risultati emergenti dalla "Scienza delle Distruzioni". La disciplina, che ha visto i suoi timidi e incerti esordî sul finire della prima metà dello scorso secolo, a parte alcuni timidi accenni ancora precedenti (Marco Porcio Catone, II sec. a.C.; Joseph Crabtree, 1779), va sempre più evolvendosi e sta ormai raggiungendo livelli decisamente consistenti.

Per poter utilizzare qualsiasi oggetto è indispensabile pensarne preventivamente l'eliminazione. Guai a ritenere o a far sì che esso sia indistruttibile: l'angoscia che ne deriverebbe (specie quando si consideri la brevità del nostro vivere) sarebbe enorme e non ne consentirebbe un libero uso. Il riuso, poi, è assolutamente da escludere.

Presa quindi coscienza della ineluttabile, e quanto mai opportuna, temporalità delle cose, deve procedersi alla loro distruzione: è necessario, perciò, caratterizzare e distinguere modalità e caratteristiche dell'opera di eliminazione, le ipotesi, i procedimenti, i metodi.

Anche da queste esigenze nasce la "Scienza delle Distruzioni".[2]

Distruzioni per l'uso

Quanto segue non ha l'ambizione di fornire una trattazione esaustiva della S.d.D., obiettivo del resto impraticabile, quando solo si consideri la novità della materia e la limitata letteratura esistente, sia per quanto attiene la ricerca teorica che quella sperimentale. In questa sede vengono soltanto esposti i fondamenti della disciplina, insieme con una sommaria indicazione dei percorsi utili per individuarne gli àmbiti e le finalità, nonché una sorta d'istruzione (o distruzione) per l'uso e l'analisi di alcuni suoi aspetti.

---

[2] La disciplina, propedeutica alla "Tecnica delle Distruzioni", comprende varî àmbiti di riferimento: la cosiddetta "Scienza della Decostruzione", ad esempio, la quale ha per oggetto lo smontaggio di strutture eseguite con elementi prefabbricati (il riferimento alle opere architettoniche direttamente ispirantisi all'Art Déco è soltanto omonimico), con i settori di applicazione più svariati (uno di essi, oggetto di numerosi studî, specialmente in Francia e negli Stati Uniti, è quello della decomposizione dei puzzles).

Lo studio verrà condotto attraverso una iniziale formulazione teorica, la definizione delle equazioni di squilibrio, l'enunciazione dei princìpi fondamentali e dei criteri di insicurezza; successivamente, verranno esposti i risultati di alcune interessanti, seppur non significative, prove sperimentali.

Il caso delle costruzioni

Una prima sufficiente esemplificazione si riferisce al caso delle costruzioni,[3] civili e non.

Risulta essenziale considerare preventivamente le condizioni di squilibrio delle strutture all'atto della loro rovina; altrettanto essenziale, allo scopo di poter prevedere un procedimento distruttivo a catena, è l'analisi delle condizioni di instabilità degli organismi strutturali prossimi a esse.

Durante la vita di un edificio sarà in ogni caso opportuno, l'esame continuato di eventuali sopravvenuti dissesti, evitando qualsiasi intervento di consolidamento, certamente di ostacolo alla futura fase distruttiva, comunque onerosa. Per la completa distruzione, quando essa non avvenga naturalmente[4] e nel caso di costruzioni a unico ordine (Onsait, 1954), è ordinariamente previsto che si proceda dall'alto verso il basso, eliminando successivamente strutture verticali e orizzontali fino a raggiungere le fondamenta.

Il procedimento, certamente valido in termini di sicurezza, comporta la necessità di un immediato sgombero di macerie dopo ciascuna fase, in mancanza del quale l'accesso al "cantiere" sarebbe continuamente ostacolato. Il procedimento inverso, pure a volte seguìto, consente invece una più rapida conclusione dei lavori, giacché l'obiettivo viene limitato ai piani bassi, eliminati i quali, nella maggior parte dei casi, è automatico e immediato il crollo delle strutture ai livelli superiori.[5]

---

[3] È evidente l'aspetto ossimorico della "costruzione distrutta".

[4] All'opera dell'uomo, fortunatamente, viene incontro la natura con eventi di vario tipo (fortunali, terremoti, frane ecc.) e anche la natura umana con eventi consequenziali alla difficile convivenza ovvero frutto della disattenzione o di azioni dolose (bombardamenti, esplosioni, incendi ecc.).

[5] Un'esperienza significativa è quella verificatasi anni addietro alla periferia di Napoli e relativa al laborioso abbattimento di un edificio in c.a. costruito con il procedimento "a tunnel". Il sistema costruttivo a suo tempo utilizzato non tenne assolutamente conto delle future esigenze distruttive dell'amministrazione locale (Basso, 1998).

Come messo in rilievo da alcuni ricercatori (Di Montalbino B., 1991; Fodari O. & Nobel O., 1977; Hiro Shima & Naga Saki, 1945), non è facile procedere a un'analisi sistematica delle condizioni e dei risultati di tali operazioni in termini di tempo ed economici, essendo la valutazione condizionata da molteplici fattori.

Nei casi per i quali non sia possibile una rapida distruzione, il procedimento di rottura a fatica permette di ottenere risultati soddisfacenti. Esso consiste in una ripetuta azione in danno dell'elemento in esame e comporta una giusta attenzione ai tempi necessari. Il tempo di distruzione, in minuti secondi, è ricavabile attraverso la formula[6]

$$t = \chi \, \frac{E \, p \, m}{D \, f} \tag{1}$$

avendo indicato con

f   la frequenza delle azioni sollecitanti (n/min),
E il modulo di elasticità del materiale (kg/cmq),
p il suo fattore di plasticizzazione,
χ un coefficiente dipendente dalla geometria del sistema,[7]
m il numero dei vincoli inizialmente superflui del sistema.

---

[6] Questa riportata è una formulazione inizialmente proposta e successivamente sperimentata da Otto Kroll (cfr., 1966) nella sua relazione all'VIII Symposium di Coventry su "Tempi e modalità delle distruzioni".

[7] Il coefficiente χ non è facilmente definibile a priori; per esso risulta più conveniente attenersi ai risultati di prove sperimentali. Per una sua valutazione approssimata può riuscire utile l'abaco di figura 3 dove sull'asse delle ascisse è il valore di χ, sulle ordinate l'altezza della costruzione (espressa in metri); l'abaco comprende varie curve in dipendenza della geometria del generico impalcato ragguagliata a una superficie rettangolare di lati a e b (le curve si riferiscono al rapporto a/b con a < b).

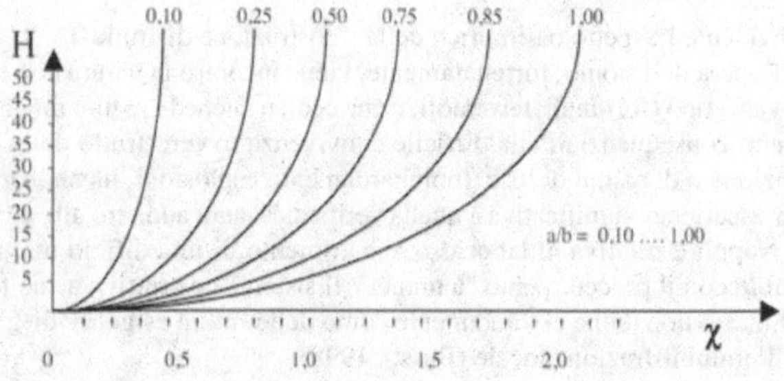

Nella (1), inoltre, D rappresenta l'energia di deformazione assunta dal sistema e risulta facilmente ricavabile dall'espressione del lavoro specifico di deformazione

$$L = dL / dV = 0,5 \ \Sigma \sigma_i \ \varepsilon_i \qquad (2)$$

ove σ_i è la tensione ed ε_i rappresenta il coefficiente di deformazione specifica valutate entrambe nella direzione i.

Per quanto concerne le fondazioni, per esperienza non ancora consolidata, risulta vantaggiosa la creazione di cunicoli al loro intradosso che, limitando la superficie di appoggio, esaltano i valori delle tensioni di contatto fino a quelli di crisi.

È evidente la particolarità di tali elementi strutturali per i quali i tempi di distruzione dipendono sostanzialmente da tre fattori: la profondità, la dimensione in volume e le caratteristiche del terreno (Delle Cave G., 1948; Baracca M., 1999).

Appare allora sufficientemente delineato il cómpito della S.d.D.: studiare i motivi e i modi caratterizzanti la distruzione del costruito determinando le condizioni cui devono soddisfare gli elementi dell'organismo per il verificarsi di un meccanismo di collasso.

In primo luogo i singoli elementi devono poter deformarsi, rompersi e deteriorarsi; i materiali che li costituiscono, cioè, non devono essere eccessivamente affidabili ed è perciò consigliabile l'uso di materiali non di prima qualità e comunque dotati di buone caratteristiche di fragilità. È altresì preferibile che risulti precario lo stato di equilibrio, non solo dell'intero organismo, quanto dei singoli elementi che lo compongono.

Le condizioni di squilibrio

Il problema essenziale della S. d. D. è la verifica della instabilità di una struttura concepita, invece, per assolvere a una determinata funzione e far fronte alle possibili sollecitazioni che possano capitare durante il córso della sua vita. Il problema sarebbe di soluzione molto complessa, se dovesse procedersi per via sintetica: soltanto, infatti, una soluzione sperimentale, mediante un adeguato modello strutturale, potrebbe offrire una risposta soddisfacente.[8] Sarebbe necessario un notevole lavoro di riduzione dell'organismo reale all'elemento da sperimentare e la simulazione di tutti i possibili agenti esterni; senza contare, infine, la complessa analisi dei risultati ottenuti sul modello, la loro sintesi e la successiva rapportazione al sistema effettivo.[9]

Esperimenti effettuati presso il Dipartimento di S.d.D. della Johns Hopkins University di Baltimore (Spelman, 1999) su modelli di 4 edifici variamente articolati hanno mostrato, com'era prevedibile, una differente risposta ad azioni distruttive in dipendenza della forma in pianta e in conseguenza di azioni distruttive ripetute, della medesima durata, ma diversamente orientate: E→O, O→E e N→S.

L'istogramma che segue (fig. 1) riporta sull'asse delle ordinate i risultati ottenuti in termini di percentuale di distruzione (l'azione S N non è presa in considerazione in quanto i 4 edifici risultavano in tutto simmetrici rispetto all'asse E-O).

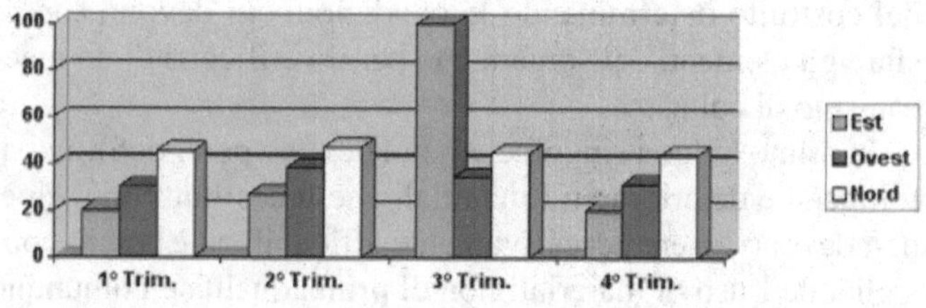

fig. 1

---

[8] Un notevole contributo in questa direzione è stato fornito negli ultimi decenni da alcune case costruttrici ("Lego", "Meccano" ecc.) con esperienze significative nel campo del montaggio e dello smontaggio di elementi prefabbricati.

[9] A questo proposito sono da citare numerosi episodî di modelli realizzati durante i córsi universitari di progettazione e riproducenti opere di autori contemporanei; essi vengono poi distrutti dai docenti per il solo piacere di vedere eliminate le opere di colleghi più valenti o almeno di maggior fama. Tali esperienze rimangono però sempre prive di qualsiasi supporto scientifico e quindi di nessuna utilità dal punto di vista sperimentale.

L'esperimento è stato ripetuto su altri 4 modelli di edifici e
la risposta alle azioni distruttive è risultata diversa (fig. 2); i
risultati tutti restano ancora non facilmente definibili attraverso una formulazione analitica nonostante i molti tentativi
ancora in córso.

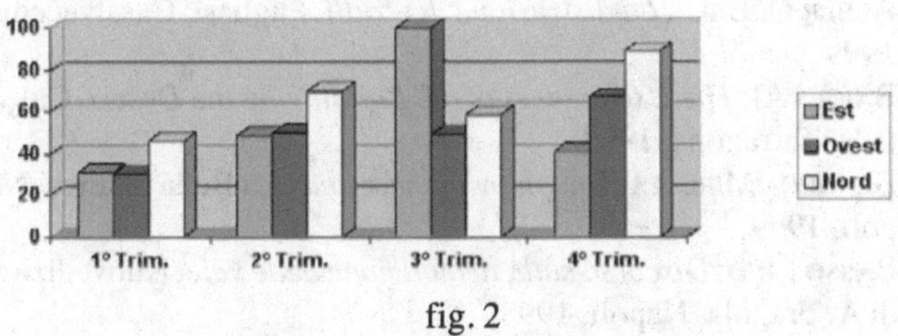

fig. 2

È dunque naturale che si preferisca cercare di ricondurre il
problema a una sua schematizzazione, la quale, per essere
esauriente, deve riguardare sia la struttura che le azioni su essa
agenti. Di qui la necessità e l'opportunità di far riferimento a
sistemi in qualche modo dominabili; il loro funzionamento
dovrà perciò essere facilmente riconducibile a schemi più o
meno elementari e comunque controllabili attraverso ordinari
criteri di insicurezza.

In questa direzione e con tali obiettivi andranno indirizzati
studi e ricerche per un maggior approfondimento dei problemi
della S.d.D.

Considerazioni conclusive

Pur nella limitatezza di quanto qui esposto, è possibile offrire poche considerazioni essenziali.

È indubbio che, nella progettazione di qualsivoglia opera,
diventerà essenziale l'indicazione della sua durata, parametro,
del resto, già presente nella normativa tecnica di altri Paesi.
Ciò, oltre a garantire una sua più facile "eliminazione", assi-
curerà un risparmio in termini economici: uso di materiali
meno pregiati, inutilità di esatte verifiche, di corrette Direzioni
e di accurati controlli dei lavori; alla figura del "collaudatore
in córso d'opera e finale" subentrerà quella del "distruttore
ultimo".

BIBLIOGRAFIA ESSENZIALE

ALBER O' BELL, *La distruzione dei trulli*, Pugliesi, Casalvecchio, 1999.

BAIGES Al, *The Uselessness of the Building on the Desert*, Calçotada, Tarragona, 1998.

BARACCA MIRELLA, *Una nuova fondazione*, La Bella Stampa, Napoli, 1999.

BASSO LINO, *Discorso sulla demolizione delle vele*, Nuovedizioni di A. Fragola, Napoli, 1998.

BONGHUST O., *Demolizione di una rotonda sul mare*, Mazza & Piveso, Locorotondo, 1968.

BRUN ELLA, *Eruli, Unni e altri popoli distruttori*, Del Ronco, Firenze, 1994.

CAMPAGNARDES ROGER, *Le jouet cassé*, Échecs, Boulogne, 1998.

CASTELLI E., CASES V., *Entrate di palazzi in rovina*, Massi, Castelrotto, 1965.

CASTEL RUTH, *Torri e merli diruti*, Delforte, Civitavecchia, 2000.

CATONE MARCO PORCIO (detto "il Censore"), *Carthago delenda est*, "Senatus acta", Roma, II sec. a.C.

CHRISTIAN PAULETTE, *Le rovine di Ostra*, ed. Ottocampane, Colli Albani, 2008.

COLONNA M., *Instabilità di pilastri snelli*, Pilar, Barcelona, 1965.

CRABTREE JOSEPH, *La distruzione di Pompei*, Bossi, Firenze, 1779.

CROSS BENDITH, *The Earthquake of Casamicciola*, Marotta, Saviano, 1968.

DEL CASTELLO B., *The Instantly Destroyed Castle*, Comunicazione mai fatta al "V Symposium on Destruction", 1994.

DEL MASTRO GINO, *La città scassata* e *Danni del mare lungo*, 2 voll., A. Manetta, Napoli, 2012.

DEL PARTO H., *La rottura delle acque*, Bagnarol, Colonia, 1990.

DELLA PIETRA L., *Erezione e distruzione di obelischi in pietra*, Serena, Roma, 1933.

DELLE CAVE G., *La rottura di materiali lapidei*, Fattacol, Cuneo, 1948.

Di Montalbino B., *Attenzione al potenziale! Limitazioni e cautele nelle operazioni distruttive con esplosivo*, Bum Bum, Firenze, 1991.

Di Pietro A., *Prove distruttive per il collaudo di fortezze in pietra*, Del Tufo, Pietrarsa, 1995.

Fabbri E., Muratori S., *I fondamenti del decostruttivismo: puzzles e scatole di montaggio*, Martelli Inc., Udine, 1958.

Falco's Bendithe, *Evacuation of house*, Vitanova, Napoli, 2011.

Fierro A., *Struggimenti*, de Core, Napoli, 1998.

Fodari O., *Unzerstörbarkeit auf Tette in Rame*, Skienarikova & Wonderbra, Innsbruck, 1997.

Forte E., Stabile L., *Instabilità dell'equilibrio*, Lambda, Città di Castello, 1993.

Forte Franco, *La caduta del muro di Berlino*, James, Bonn, 1992.

Gäbell Scilla & Carid D.I., *Il ponte sullo stretto: problemi di distruttività*, Do-Do, Hamburg, 1961.

Godward Helen, *The collapse of the twin towers*, Nelson voice, Harlem, 2011.

Granchi G., *Crabtree mining engineer*, Relazione ancóra mai tenuta alla "Joseph Crabtree Foundation" of London.

Greco Jan, *Castelli di carta*, Carbone, Macerata, 1948.

Grimal Manuel, *Effetti semidistruttivi della bora su edifici alti*, Battiston, Trieste, 1964.

Guiness A., Holden W., *The Bridge on the River Kway*, Leandavid, London, 1957.

Halič Sabry, *La messa a nudo del Castello Sforza*, Edizioni Leonhard, Trebisacce, 2007.

Hermann, O., *Cavazioni lapidee e rottura*, D.&C., Quattrocastella, 2002.

Hiro Shima & Naga Saki, *La distruzione rapida*, Atomic, Fortezza, 1948

Humbert O. & Co., *Incendi e distruzioni di biblioteche*, Tea, Alessandria, 1981.

Kocit O., *Demolizione di balaustre in ferro*, S.E.I. Delfico, Roma-San Mauro Torinese, 1942.

Kroll Otto, *Crolli in successione*, relazione all'VIII Symposium su "Tempi e modalità delle distruzioni", Coventry, 1966.

Laurence Harry, *Questioni sulla macerazione*, Descartes, Lucca, 2012.

Maceri E., *Nervi a pezzi*, La Lanterna, Genova, 1988.

MAINASI M., (a cura di) *Calcoli di distruzione e distruzione di calcoli*, Atti del I Congresso Provinciale di Bioingegneria, Milano, 1994.

MANIERI E., Fortin I., *Maschi in crisi*, Masoldi, Nervi 1992.

MASSONE T., *Calcolo a rottura*, Di Cocci, Pietrabbondante, 1966.

MASTRO E., FABBRICATORE F., *Il costruito privo di fondamenta*, Ime, Torre in Pietra, s.d.

MASTRO GIORGIO, *Dissesti non riparabili*, Mai, Napoli, 2001.

MERLIN L., *I narratori della distruzione di Troia*, Casini, Bologna, 1957.

MIGNON LISANNE, *Techniques de rupture du plat des reliures*, Éditions Saint-Blaise, Paris-Naples, 1952, rééd. 2012.

MINISTERO DEI LAVORI PUBBLICI, *Distruzioni in zona sismica*, Circolare n° 17 del 29.02.88.

MOMMI DARIO, *L'analisi del testo: il decostruzionismo*, La Quarta, Bari, 1982.

NOBEL E., *La dinamite nelle operazioni distruttive*, Tina, Gela, 1997.

ONSAIT JULIE, *La distruction du Labyrinthe*, N.A., Mantova, 1954.

OPEL PIER OTTONE, *Rottamazioni*, L'Appia Antica, Aprilia, 1996.

PALAZZO B., *Castelli di sabbia*, Ed. Arena, Verona, 1994.

PICCI NINÌ, *Prove a rottura su ghiaia*, Eurosia, Parma, 1990.

PRANDI O., *Rottura di giunzioni in ambiente marino*, Marsi, Lerici, 2001.

RAFONE OSCAR, *The Black Beetle Destroyed*, The Scarab, Belfort, 1978.

SCARPA RUTH, *Lo sfascio del quartiere*, Arnesi, Lago Lesina, 1948.

SGARRUPATO BEN, *The Earthquake of San Francisco*, Saintclaire, Saint Louis, 1968.

SPALLETT ILYANA., *A connection interrupted*, in "Proceedings of the Conference of Capri", Italy, Presses by De Rossi in Rome, 2002.

SPELMAN FLORENCE, *Experimental destruction*, Presses Johns Hopkins University, Department of building, Baltimore, 1999.

TORRE E., ALFIERE V., *L'embêtement ou la rupture de boites*, Le roi et la reine, Neufchâteau, 1968.

ULISSIS GAIA, *Sand Castles*, in "Proceedings of the Conference of Positano", Italy, Presses UCLA, University of California Los Angeles, Los Angeles, 2005.

VID OMAR & QUANT E. BELL, *The cancelled waterfront*, in "Proceedings of the Conference of Naples", Giunta, Napoli, 2012.

Ermanno Cavazzoni & Jean Talon

A proposito della "indeterminatezza semantica" della canzone italiana

Nella sua relazione al recente *Convegno sul nulla*, svoltosi a lido Adriatico, l'emerito professore Paolo Albani annovera le canzoni italiane tra i casi in cui viene esercitata l'arte di non dire niente (*Il complesso di Peeperkorn, ovvero l'arte di non dire niente*, relazione tenutasi nel maggio 2011). «I testi delle canzoni italiane, assunti come strutture narrative, non dicono niente», afferma con ammirevole nettezza l'Albani. E a sostegno della propria tesi analizza la prima strofa della celebre composizione *Una rotonda sul mare* (1964, di Migliacci, Faleni e Valeroni, cantata da Alfredo Antonio Carlo Buongusto, noto come Fred Bongusto) come esempio della "indeterminatezza semantica" che caratterizza le canzoni italiane:

> *Una rotonda sul mare,*
> *il nostro disco che suona,*
> *vedo gli amici ballare,*
> *ma tu non sei qui con me.*

Di che rotonda si tratta? - si chiede l'Albani - su che mare si trova? L'Adriatico, il Tirreno, un altro mare? o è per caso su un lago? E il disco che musica suona? jazz, pop, rock…? È un lento o un veloce? E chi sono questi amici che ballano? come si chiamano? eccetera…

L'analisi dell'Albani è profonda e ammirevole, e tocca una delle questioni più importanti della storia musicale dell'occidente cristiano. Ma, includendo nella propria analisi l'ipotesi del lago (con un'apparente incongruenza topologica: se la rotonda è sul mare, come può essere sul lago?), l'Albani dimostra anche una stupefacente capacità intuitiva. La rotonda in questione risulta infatti essere stata davvero sul lago, e non sul mare come quasi tutti gli studiosi ritenevano. Lo ha rivelato di recente in un'intervista Franco Migliacci, l'autore assieme ad altri del testo: «Ho un po' barato, è vero – dichiara Migliacci – io sono di Cortona, e da ragazzo andavo sempre in bicicletta su lago Trasimeno» (cfr. "Terni Magazine", 20 agosto 2009, pag. 20 ecc.). Si conclude così l'annosa querelle tra gli studiosi che pretendevano aver identificato la rotonda nelle località di Senigallia, Termoli, Viareggio, Mazara del Vallo, e persino il lido di Ostia.

Quindi la canzone, se si tiene alla precisione, come l'Albani giustamente richiede, la canzone avrebbe dovuto dire:

Una rotonda sul lago…

e ad essere ulteriormente precisi:

Una rotonda sul lago Trasimeno…

Sempre ad essere precisi, anche gli amici che ballano possono essere facilmente individuati: si tratta di sei persone che nel 1964 il Migliacci era solito frequentare, specie all'interno di locali da ballo o rotonde da ballo. E quindi, dando séguito alla giusta questione posta dall'Albani, il testo avrebbe dovuto essere:

Vedo Giorgio Faleni, Paolo Valeroni, Antonio Carlo Buongusto (in arte Fred Bongusto), Ghigo Agosti, Loris Boresti, Luciano Bigoni e Nini Mezzet ballare…

Quanto a "Ma tu non sei qui con me", il tu apparentemente generico indica senza ombra di dubbio tale Gabriella Palazzoli, divenuta nel 1967 Gabriella Palazzoli in Buongusto. Il Buongusto (in arte Bongusto) infatti, quella sera in questione del '64, rimase tutto il tempo seduto a ossessionare gli altri parlando di Gabriella Palazzoli, la sua fidanzata, che in quel momento però lo stava tradendo in un'altra rotonda con tale Sabbatucci Gino; e ponendosi la questione se era per caso felice con costui, o se non rimpiangeva piuttosto qualcosa di lui stesso, tanto che gli amici gli consigliarono di riconciliarsi; di lì a non molto infatti si riconciliò e la sposò. Quindi ad essere semanticamente determinati il verso avrebbe dovuto essere:

Ma tu Gabriella Palazzoli poi in Buongusto non sei qui con me.

Abbiamo lasciato volutamente per ultima la precisazione concernente "Il nostro disco che suona…" in quanto di rilevanza capitale e apparentemente incredibile (tanto che l'acume critico e la competenza indubbia dell'Albani non sono riuscite a cogliere). Non si tratta di jazz, pop, rock o quant'altro. Il "nostro disco…" altri non è che lo stesso disco *Una rotonda sul mare* ovvero *Una rotonda sul lago Trasimeno*; sembra un paradosso, ma è una sofisticatissima *mise en abîme*. La canzone *Una rotonda sul lago Trasimeno* cita sé stessa (che quindi citerà sé stessa all'infinito, perdendosi nella nebbiolina del gioco di specchi).

In conclusione, dando séguito all'eccellente analisi dell'Albani e alla sua incredibile e indiscussa capacità intuitiva (per quanto, purtroppo, non suffragata da una pari ricerca scientifico-documentale), il testo della canzone dovrebbe essere riscritto così:

Una rotonda sul lago Trasimeno,
il nostro disco "Una rotonda sul lago Trasimeno
il nostro disco…" che suona,
vedo Giorgio Faleni, Paolo Valeroni, Antonio Carlo Buongusto
(in arte Fred Bongusto), Ghigo Agosti, Loris Boresti, Luciano
Bigoni e Nini Mezzet ballare,
ma tu Gabriella Palazzoli poi in Buongusto non sei qui con me.

Furio Honsell

Un'altra scomparsa

a chi intuì l'importanza ontologica di una scomparsa.

Anni fa, scoprii una scomparsa di quattro giorni in un racconto di Buzzati. La racconto usando una prosa paratattica, ossia vincolata alla mancanza di subordinazioni tra proposizioni.

…qualcuno non trova mica un'altra scomparsa?

Lo spunto arrivò da un racconto di Dino Buzzati. Riguardava 7 postini.

Il protagonista, figlio di un sovrano, inizia un faticoso (infinito?) viaggio conoscitivo dalla città capoluogo sino ai patrî confini. Incarna l'uomo, colmo di carità, ma proprio a causa di ciò, animato da un bisogno di informarsi sulla vita condotta dai suoi cittadini.

Il protagonista contrasta la nostalgia di casa con l'aiuto di 7 postini individuati tra i suoi vassalli. Fanno la spola con il capoluogo. Partono uno alla volta, con una missiva indirizzata ai familiari. Ritornano con la loro risposta. Così via, uno dopo l'altro, un viaggio dopo l'altro.

I postini viaggiano con una rapidità di 3/2 più alta in rapporto al protagonista. Un postino, quindi, partito dopo n giorni di viaggio, ritorna dal protagonista $4n$ giorni dopo, ossia $5n$ giorni dopo la dipartita dalla città di tutta la carovana. Supponiamo, infatti, sia x la durata, misurata in giorni, di un viaggio di un postino, partito dopo n giorni di viaggio. Si ha allora la formula, $(3/2) x = 2n + x$. Da cui si ricava il risultato $x = 4n$.

Pare l'antico paradosso sulla mitologica rincorsa, di una famosa tartaruga, occorsa vicino a Ilio. Ogni postino ritorna sì dal protagonista. Ma non lo ritrova mai al posto lasciato. Lo ritrova ogni volta in un luogo più lontano. La durata di ogni viaggio di un postino quadruplica ad ogni tornata. I contatti con la città stabiliti dai postini, quindi, via, via si diradano. Narrano di un mondo ogni volta un po' più antico, di fatti accaduti in un passato via, via più lontano.

Ma analizziamo da vicino tutti i discorsi quantitativi di Buzzati. Non mi appaiono poi così rigorosi, purtroppo.

In primo luogo, il protagonista giudica scarsa sia la rapidità sia la quantità di postini. Auspica, infatti, il loro viaggio a una rapidità doppia alla sua. Ma, a conti fatti, il racconto dà un'angoscia analoga, sia con un postino, sia con migliaia di postini, sia con postini più rapidi. Con una rapidità di viaggio, pur più alta, ma fissata, con invii, mai di più, di un postino al giorno, i contatti in ogni caso si diradano.

Un'altra piccola incongruità si trova più avanti. Stando al protagonista la carovana viaggia solo di giorno. Il protagonista concorda con noi sulla durata di ogni viaggio. Ossia, la sua durata quadruplica ogni volta. Quindi i postini viaggiano solo di giorno. Ma stando di nuovo al protagonista, la prima volta tutti i postini partirono al tramonto. Ma allora i conti non tornano. Va assunta una dipartita mattutina. Magari, al tramonto, si salutano solo, chissà?

Ma una mancanza assai più marcata sta in agguato. A un dato punto Buzzati dichiara trascorsi 8 anni 6 mm 15 gg di continuo cammino dall'avvio dalla città di tutta la carovana. Ma in un paragrafo più avanti, poco dopo il tramonto, stanchissimo, arriva al campo il quarto postino. Dico il quarto?!

Stando a quanto riportato all'inizio da Buzzati, il quarto postino partì la prima volta il 5° giorno, poco dopo il tramonto.

Dal calcolo 5 + (4 x 5) = 25, il quarto postino ritornò dal suo primo viaggio il 25° giorno, poco dopo il tramonto. Il suo 2° viaggio iniziò allora la mattina dopo.

25 + (4 x 25) = 125, quindi il quarto postino ritornò il 125° giorno di viaggio. Ripartì la 3ª volta la mattina dopo.

125 + (4 x 125) = 625, quindi il quarto postino ritornò il

625° giorno, poco dopo il tramonto. Ripartì ancora la mattina dopo.

625 + (4 x 625) = 3.125, quindi il suo ritorno sarà il 3.125° giorno, al tramonto.

Ma quanti giorni ci sono in 8 aa 6 mm 15 gg? In 8 anni vi sono 2 anni di 366 giorni. In 6 mm, ossia ½ anno, vi sono al più 124 giorni. Quindi 8 aa 6 mm 15 gg durano al più 3.121 giorni !!!

Ma allora sono scomparsi 4 giorni!!!

Ma *bonus dormitat* Buzzati?

Possiamo scaricar la colpa sul protagonista? Fogg ci aiuta con i suoi 80 giorni intorno al mondo? Sì. La carovana quindi non viaggiò solo a Sud ma un po' a dritta. Il protagonista calcolò i giorni con gli astri. Ogni suo giorno durò quindi un po' più a lungo di una quantità piccolissima. In 8 anni, o poco più, il protagonista quindi guadagnò 4 giorni.

Ma può contraddirsi il protagonista? No.

Il nostro mondo, fatto a palla, dà un'altra via d'uscita. La quinta volta il quarto postino, al modo di Colombo, arrivò dal protagonista con una rotta agli antipodi. La rotta risultando, caso opportuno, più corta di 4 giorni.

Ma un'altra via d'uscita si ricava calcolando in modo più calibrato i giorni. Un giorno in più si giustifica così. Il protagonista partì dalla città il 29/2, di un anno di 366 giorni, all'alba. Il primo anno si giudica trascorso quindi solo il primo marzo di un anno dopo all'alba. Il giorno aggiuntivo si ha solo ogni 4 anni, infatti. Gli 8 anni si compiono quindi il primo marzo di 7 anni dopo il primo anno trascorso. Ma allora, con un trucco siffatto, gli anni di 366 giorni in 8 anni risultano 3. Ma mancano ancora 3 giorni.

Possiamo far di più? Sì.

Valutiamo gli scarti tra gli istanti narrativi! A t_0 il protagonista stima i giorni trascorsi. A t_1 arriva il quarto postino, la quinta volta. Fissiamo ora in modo a noi vantaggioso $t_1 - t_0$. Un altro giorno si giustifica così. Il protagonista inizia la sua narrativa quando mancano 5 minuti all'alba. Sono allora passati solo 3.122 giorni dal primo giorno di viaggio. Solo 5 minuti dopo sono passati allora già 3.123 giorni.

Ma non si giustificano ancora gli altri 2 giorni mancanti.

Il calcolo di Buzzati si salva solo con una nuova trovata.

Il protagonista conta solo i giorni trascorsi *in toto*. Voilá!

Non conta, quindi, la prima giornata. La carovana partì di mattina, quindi la prima giornata non fu trascorsa *in toto*. In analogia, non conta l'ultima giornata. Sarà compiuta *in toto*, infatti, solo la mattina dopo. Aggiungiamo quindi a 3.123 altri 2 giorni di cammino. Abbiamo così ritrovato proprio tutti i giorni scomparsi!!

Abbiamo salvato la capacità di calcolo di Buzzati.

Ma un racconto non ha mai un significato unico. Futuri suoi fruitori, infatti, animati da altri stili cognitivi, avranno già còlto un'infinità di altri indizî risolutivi.

Siamo così giunti alla chiusura. Ma offrirò ancora alcuni spunti sul racconto di Buzzati (l'amico linguista Luigi R. li ispirò). Quali origini ha l'angoscia indotta in noi? Sono i nostri anni di vita? Molti già passati, magari inutili? Pochi rimasti? Sono gli spazi illimitati di un viaggio ai confini galattici? Buzzati non indica una risposta, usa piuttosto una figura simbolica. Il protagonista non ha più il linguaggio adatto. Trova criptici i fogli ingialliti dai lunghi viaggi passati in tasca ai postini. Insomma, proprio la parola scritta ci comunica l'*horror vacui*! La narrativa assomma l'abisso sia di un'infinità di spazi sia di un'infinità di anni.

Rischiamo noi la nostra scomparsa?

Non lo so.

Ma con tutta la razionalità usata fin qui, articolata in modo paratattico, tipico di analisi formali, sono sicuro in modo assoluto di un fatto.

Il quarto postino, pur un nobiluomo, in quanto vassallo, di sicuro non fu individuato dal protagonista tra i conti… i conti non tornano, infatti, così rapidi.

Paolo Pergola

Modellistica dell'Attrazione Fatale

Gli albori

La storia della modellistica dell'attrazione fatale (Fatal Attraction Modeling, FAM) ha inizio in Grecia, intorno al 600 a.C., al tempo dei Presocratici. Le prime basi della FAM sono state poste da Anasete di Mileto. Purtroppo di lui si hanno pochissime notizie, ancora meno del poco che si sa degli altri Presocratici tra cui Anassimene, che pare fosse suo fratello maggiore. Secondo alcuni scritti di Diogene Laerzio rinvenuti durante la seconda guerra mondiale, Anasete individua nella femmina il principio di tutte le cose. Anasete fa un passo avanti rispetto ai suoi predecessori (Chivas et al., 1956). Al contrario di Anassimene, che aveva individuato il principio di tutte le cose in una materia fisica concreta (l'acqua), e di Anassimandro, che l'aveva individuato in una sostanza infinta e astratta (l'*apeiron*), Anasete considera la femmina sia concreta che astratta. Parallelamente al concetto di principio di tutte le cose, Anasete introduce l'idea dell'attrazione fatale. Ciò che è principio, cioè femmina, genera tutti gli esseri viventi e non viventi. E prima o poi, tali esseri sono inevitabilmente attratti a ritornare al principio. Secondo Anasete, esiste un solo Grande Principio, cui tutti gli altri piccoli princìpi sono collegati.

Quando un uomo è attratto da una donna (Ohm, 1850), egli è in realtà attratto dal Grande Principio e, fecondando la donna, non fa altro che fecondare il Grande Principio cui la donna è collegata da canali invisibili e sotterranei. La fecondazione di ogni donna rappresenta la partecipazione all'opera di ricostruzione del principio stesso che, in quanto principio, contiene il tutto: dal bello al brutto, dal buono al cattivo, dal simpatico all'antipatico. Per ogni bella donna fecondata in un angolo del Peloponneso, sosteneva Anasete, ce n'è sempre una uguale e contraria, quindi brutta, fecondata in un altro angolo del Peloponneso. Esistono secondo Anasete pulsioni principali e secondarie. Le pulsioni principali sono quelle nate spontaneamente all'interno di un uomo. Le pulsioni secondarie derivano invece dal fatto che da qualche parte nei paraggi, c'è un uomo attratto da una donna con caratteristiche uguali e contrarie a quella che sta attraendo noi. Essere attratto da una donna bella o brutta, buona o cattiva, è equivalente per l'umanità, poiché ogni attrazione costituisce un passo verso il ritorno al Grande Principio. Il Grande Principio costituisce quindi un sistema ciclico, analogo a quello delle maree, il cui periodo è infatti simile a quello del mestruo della donna. A ondate alterne, il Grande Principio genera tutti gli esseri – viventi e non viventi – e attrae gli stessi a ritornare a Lui. In alcuni casi, gli esseri generati sono femmine e quindi costituiscono ramificazioni del Grande Principio, che facilitano il ritorno al Grande Principio stesso.

I tempi moderni
Il dopoguerra
Il ritrovamento degli scritti di Diogene Laerzio in cui si parla di Anasete avvenne durante la seconda guerra mondiale, a causa dell'eco di un bombardamento serale che scardinò la porta di uno sgabuzzino dei Musei Palatini (Trovaroli, 1944). Questo ritrovamento provocò un tale impeto alla ricerca socio-matematica da dare origine alla branca moderna della FAM (Bo, 1965). Secondo uno dei fondatori della FAM moderna, Vadym, il principio dell'equivalenza estetica, enunciato da Anasete (cioè che «Essere attratto da una donna bella o brutta è equivalente, poiché ogni attrazione costituisce un passo verso il ritorno al Grande Principio»), è valido a livello di popolazione ma non a livello di individuo (Vadym, 1966). Supponiamo,

scrive Vadym, di attribuire uno score da –1 a +1 per ogni caratteristica (–1 per donna estremamente brutta, +1 per donna estremamente bella). Va da sé che, presa una popolazione, campionando a caso un alto numero di fecondazioni, il 50% è costituito da fecondazioni uguali e contrarie al restante 50%, tale che sommandone algebricamente il loro score relativo si ottiene zero, in linea con le caratteristiche immutevoli del Grande Principio. Benché questo spieghi i *pattern* di accoppiamento su grande scala, non ha rilevanza per quanto riguarda i princìpi che determinano l'attrazione individuale verso un fenotipo di donna anziché un altro.

Nel suo trattato "The Beauty and the Beast: A re-analysis" (1971), Vadym affronta il problema dell'attrazione fatale a livello di scelta individuale considerando tutti i co-fattori che hanno un'influenza determinante per l'attrazione del maschio. Al fattore prettamente estetico (cioè "A", relativo a bellezza/bruttezza), vanno aggiunte anche (B) simpatia/antipatia, (C) intelligenza/stupidità, (D) ricchezza/povertà, (E) il fattore Eccetera, cioè tutto quello che potrebbe provocare attrazione o repulsione ma che non rientra nelle quattro categorie principali sopraelencate. Ad esempio, l'essere intonati/stonati nel canto, il saper ballare/non saper ballare, il saper cucinare/non sapere cucinare eccetera, appunto. Ognuno di questi fattori copre un range che va da +1 (ad es. donna estremamente simpatica) a –1 (ad es. donna estremamente antipatica). La somma algebrica di questi fattori corrisponde al PAFF (Principio d'Attrazione Fatale Fenotipico). I fattori possono essere modulati da una costante k, derivante dalla chimica interpersonale (specifica di ogni coppia potenziale), che può amplificare (se k>1) la somma dei fattori di cui sopra, oppure affievolirli (se k<1), tale che:

$$k \ (A+B+C+D+E) = PAFF \qquad (1)$$

Per molti anni, la FAM si è basata su quest'equazione fondamentale. Massimizzando il PAFF, si presuppone che venga massimizzata l'attrazione fatale potenziale. Il modello produce aree di massima attrazione e repulsione (Figura 1). Le componenti della sommatoria possono essere quantificate in maniera oggettivabile tramite test basati di campioni random della popolazione, e la costante k può essere quantificata mediante complesse analisi chimiche incrociate usando il sudore prelevato da due individui che costituiscono la "coppia potenziale". Questo tipo di modellistica ha avuto un effetto determinante nel campo dell'attrattiva fatale, generando diverse discipline, quali la Teoria Relativistica Individuale Compensativa (TRIC) che si basa sulla compensazione da parte di un fattore, in mancanza di un altro, per generare un PAFF al di sopra della soglia individuale, con la condizione necessaria che la somma di A+B+C+D+E generi un numero che, per quanto piccolo, sia >0.

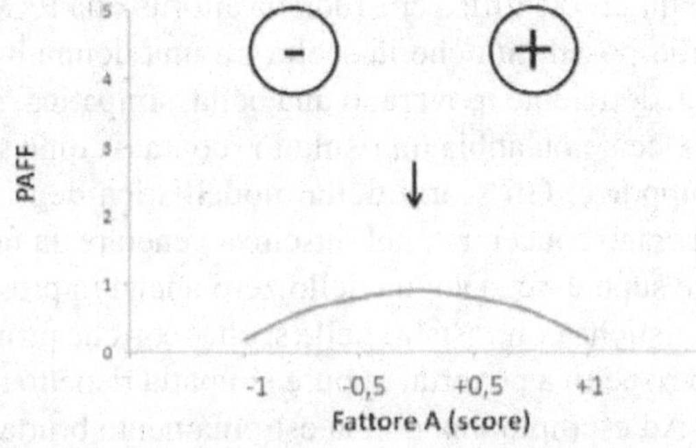

FIGURA 1: Relazione tra PAFF e lo score del fattore A, basata sul TRIC. I cerchi indicano le aree di massima attrazione (+) e repulsione (−), e la freccia indica la frequenza massima di A in una popolazione campionata a random.

Gli anni ottanta: Il quesito di Bellomo

Alla fine degli anni ottanta, più precisamente, il 12 ottobre 1989, durante un cena congressuale del 26esimo Meeting internazionale sulla FAM svoltosi a Chicago,

Giovanni Bellomo pose un quesito che fece il giro delle tavolate. Il quesito, semplice nella sua enunciazione, ma complesso dal punto di vista prettamente teorico, era il seguente: «È preferibile accoppiarsi con una donna brutta, antipatica, deficiente, povera, o con una bella, simpatica, intelligente e ricca?» (Shakespeare, 1989). Il quesito mise a soqquadro sia la cena del 12 ottobre 1989 che il resto del congresso, divenuto ormai memorabile tra gli specialisti nel campo della FAM. La novità nel quesito di Bellomo stava nello sconvolgimento dei parametri fino a allora comunemente accettati, della Teoria Relativistica Attrattiva Compensativa. Negli anni precedenti, seguendo tale teoria, diversi modelli avevano proposto situazioni matematiche del tipo binomiale (Zenone et al, 1968) in cui si poneva in contrapposizione, per esempio, la scelta di una donna brutta ma ricca, con quella di una donna bella ma povera, oppure la scelta di una donna simpatica ma stupida, rispetto a una antipatica ma intelligente.

Il quesito di Bellomo, nella sua semplicità, aprì gli occhi della comunità scientifica che ruotava attorno alla FAM, riguardo alla possibilità che la scelta tra una donna brutta, antipatica, deficiente, povera, o una bella, simpatica, intelligente e ricca, non abbia un risultato scontato come si potrebbe supporre. Gli sforzi della modellistica degli anni passati si erano concentrati nel riuscire a generare un fattore PAFF che superasse la soglia dello zero anche in presenza di caratteristiche contrastanti nelle scelte teoriche proposte (bellezza rispetto a povertà, oppure simpatia rispetto a stupidità). Ad esempio una donna estremamente brutta ($A= -1$), antipatica ($B= -1$), intelligente ($C=+1$) e ricca ($D=+1$), bastava che sapesse cantare *Finché la barca va* (di O. Berti; Polydor) con un minimo di intonazione ($E= 0,0001$) per produrre un PAFF positivo.

Tradotto in termini di equazione matematica, il quesito di Bellomo è in grado di generare una tipologia di PAFF mai presa in considerazione in precedenza, cioè un PAFF con valori estremamente negativi, intorno a -4. Tale valore può variare tra –3 e –5, a seconda che E (fattore "Eccetera" legato a capacità aggiuntive specifiche quali cantare, ballare, cucinare eccetera) vari tra –1 (incapacità di svolgere qualsiasi attività aggiuntiva anche minimamente attraente) e +1 (massima capacità nelle attività aggiuntive).

La FAM venne sconvolta dalla possibilità che il valore di PAFF potesse essere negativo. Bellomo face notare come, nel mondo dell'attrattiva fatale, non conti solo il relativo, cioè il segno positivo o negativo, ma soprattutto il valore assoluto. Una donna con un PAFF intorno al –4 o addirittura –5 rappresenta sicuramente un'eccezione, un fenomeno fenotipico e, come tale, un individuo che può generare un altissimo tasso di attrazione sotto tutti i punti di vista. A partire dallo spunto del quesito di Bellomo, venne elaborata la Teoria Rivoluzionaria Assolutistica Caratteriale (TRAC), che si mise in contrapposizione con la precedente TRIC (Croupier 1992). Questa teoria è basata sulla seguente equazione:

$$k \ (A^2+B^2+C^2+D^2+E^2) = PAFF \qquad (2)$$

Questo nuovo metodo di calcolare il PAFF consta nell'elevare al quadrato i diversi fattori. Anche nella TRAC, come nella TRIC (equazione 1), l' attrattiva fatale maggiore viene data dalla massimizzazione del PAFF. La novità di questo modello sta nell'irrilevanza del segno di ogni fattore. Una donna estremamente brutta $(A = -1)$, vedrà elevato al quadrato il suo A, ottenendo $A^2=1$, esattamente come per una donna bellissima. Inoltre ogni caratteristica che abbia uno score <1, viene penalizzata da questo modello, perché se $N<1$, $N^2<N$. Questa penalizzazione è particolarmente severa per gli score bassi, in linea con la teoria che sostiene la maggiore attrattiva delle caratteristiche eccezionali. Di conseguenza, il contributo relativo degli score estremi $(+1$ e $-1)$ aumenta. Questo nuovo modello, come il precedente, genera aree di massima attrazione e repulsione ma, secondo Bellomo, il prodotto della TRAC genera

una soluzione molto più felice della TRIC (Figura 2). La TRAC riesce a spiegare come nel passato si siano create coppie del tipo "la bella e la bestia", ad esempio Woody Allen e Mia Farrow, e tanti altri esempi noti a tutti noi. Questa nuova teoria spiega anche diversi fenomeni linguistici. Ad esempio, il fatto che esista sia l'espressione "bella da morire" che "brutta da morire". L'attrazione infatti è, in ambedue i casi, fatale.

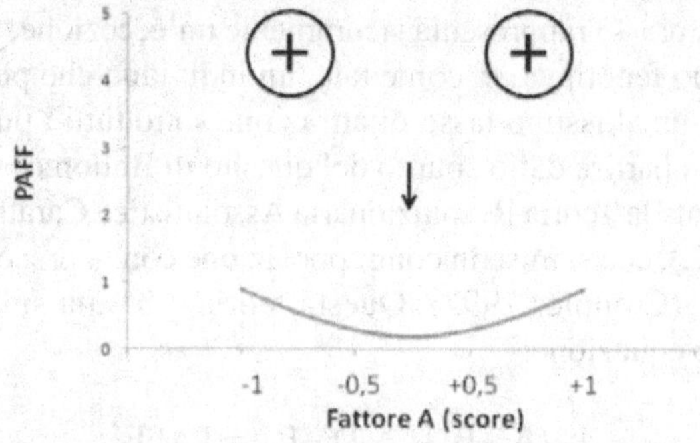

Figura 2: Relazione tra PAFF e lo score del fattore A , basata sul TRAC. I cerchi indicano le aree di massima attrazione (+), e la freccia indica il punto in cui si riscontra la frequenza minima di A in una popolazione campionata a random.

Gli anni novanta: La Riscrittura

Al congresso della FAM svoltosi a Parigi nel 1991, un comitato presieduto da Joan Dark propose di riscrivere tutti i trattati precedenti sostituendo le parole 'Donna' e 'Uomo' con la parola 'Partner'. Nel 1995, il comitato pubblicò la riscrittura di tutti i trattati precedenti (Dark, 1995), inclusi i princìpi enunciati da Anasete, che furono trasformati secondo l'esempio seguente.

«Quando un partner è attratto/a da un partner, egli/ella è in realtà attratto/a dal Grande Partenariato e, accoppiandosi con il/la partner, non fa altro che accoppiarsi con il Grande Partenariato a cui il/la partner è collegato/a da canali/e invisibili e sotterranei/e».

Sviluppi recenti: la socialdemografia della FAM

La socialdemografia della FAM è una branca laterale di studio che ha visto il suo sviluppo in ore recenti. Secondo Paolo Albani «se al mondo le donne fossero tutte belle, indistintamente belle, allora è quasi certo che gli uomini finirebbero per abituarsi alla bellezza femminile, ormai diventata la norma, e di conseguenza i loro bollori sessuali tenderebbero a smussarsi, a depotenziarsi» (Albani 2012). Si potrebbe anche immaginare il contrario, cioè che i bollori dei maschi di potenzierebbero al massimo, circondati da tali bellezze e la libido si assesterebbe su valori massimi. Ma, molto più probabilmente, sostiene il sociologo scozzese MacKenesay (2012), all'aumento generalizzato del fattore A, conseguirebbe una diminuzione della sua importanza relativa nel PAFF. Questo principio, applicato all'equazione base della TRIC, si traduce in moltiplicare ogni fattore (A, B, C, D, E) per una specifica costante, tale che la nuova equazione risulta:

$$k \ (Ak_a + Bk_b + Ck_c + Dk_d + Ek_e) = PAFF \qquad (3)$$

La costante k_a è funzione inversa della densità di belle donne nell'ambiente circostante. All'aumentare della densità di belle donne, k_a diminuisce.

A questo ragionamento va aggiunto però il secondo assioma di MacKenesay, che dice che «Dato un gruppo di quattro fanciulle, ce ne sarà sempre una carina e una un po' meno carina ma sempre piuttosto carina» (secondo MacKenesay, bisogna sempre gettarsi su quella un po' meno carina che risulterà carina non appena apre bocca, secondo la legge della relatività estetica inversamente proporzionale alla capacità di interloquire che è sempre a vantaggio della fanciulla meno carina all'apparenza). L'assioma di MacKenesay continua dicendo che aumentando il numero delle ragazze, la frazione di quelle carine e quelle un po' meno carine (quelle su cui ci si dovrebbe gettare sempre secondo MacKenesay) diminuisce esponenzialmente. In altre parole, date quaranta fanciulle, non ce ne saranno dieci carine e dieci un po' meno carine (quelle su cui ...), bensì soltanto due carine e due un po' meno carine. E via così, fino a trovare – avendo a disposizione un migliaio di fanciulle – solo una decina di ragazze carine e un po' meno carine. Secondo MacKenesay, i diversi assiomi e equazioni di cui sopra vanno modulati secondo le leggi delle densità popolazione relative, nel senso che per ogni maschio va inserito un fattore accerchiamento che dipende dalla *sex ratio*, la quale nonostante sia vicinissima a 1 se consideriamo una nazione o il mondo intero, nella distribuzione a macchia di leopardo tipica delle zone urbanizzate, varia da zero a più di mille.

Ricapitolando, per sapere come potrebbe reagire un uomo accerchiato da belle donne, bisogna sapere quante donne ci sono alla volta, sapendo che la proporzione di belle e un po' meno belle diminuisce all'aumentare della numerosità del gruppo detto "di accerchiamento", e inoltre bisogna tenere conto della variazione delle costanti cosiddette "para-estetiche", secondo il terzo assioma di MacKenesay che ribadisce che «Non è bello ciò che è bello, è bello ciò che massimizza $Ak_a + Bk_b + Ck_c + Dk_d + Ek_e$». A conclusione dei suoi studi, MacKenesay propone un modello universale di risposta comportamentale del maschio in funzione del numero di ragazze all'intorno (Figura 3).

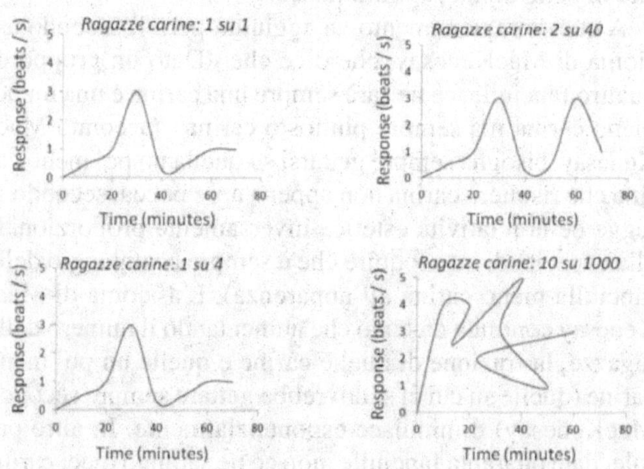

Figura 3

Bibliografia

Albani, P. (2012). Elogio delle donne brutte, con rispetto parlando. *In press*.

Bo, H. (1967). Are beautiful women any better? A paradox. *J. Exp. Aesthetics*. 6x8=48.

Chivas, J., Planos, H., Vasanos, J. & Valontanos, J. (1956). Un paso a la vez. El camino de Anasete. *Ann. Filos. Hispan*. 123: 23-25.

Croupier, J. (1992). Rien ne va plus: le petit et le grand Tric-Trac. *J. Exp. Gambling*. 0: 1-36

Dark, J. (1995). Et Dieu re-créa la FAM: a reconstruction. *J. Comp. Theol*. 4x4=16.

MacKenesay, T. U. (2012). What is PAFF good for? The effect of group size on apparent attractiveness. *J. Comp. Aesthetics*. 5: 67-100.

Ohm, J. (1850). Ein neues Gesetz űber die elekrische Attraktion der Galvanishe Frau. *Ann. Phys. Quasi-Theor*. 15: 1-2000.

Shakespeare, W. Jr. (1989). Beyond 'to be or not to be'. Bellomo's new question. *J Hamlet. Rivisit*. 23: 99-100.

Trovaroli, A. (1944). Roma nun fa' la stupida stasera. *Polydor. 1-100-1000*.

Vadym, R. (1966). Et Dieu créa la FAM. *J. Comp. Theol*. 3x8:24.

Vadym, R. (1971). The Beauty and the Beast: A re-analysis. *J. Comp. Cartoon*. 34: 23-28.

Zenone, P., Zuppa, C., Zepan, J.P. & Bagnat, H. (1968). Binomial choice in everyday life. *J. Statistical Appraisal*. 12: 32-43.

GLOSSE

Elena Addòmine, *New York, istruzioni per l'uso*
Sono evidenti i riferimenti a *La vita istruzioni per l'uso* e al romanzo *W*
(con una strizzatina d'occhio a Jarry…). L'isola di Manhattan contiene
46 "zone" (23+23); queste, ritagliate da una sua cartina, sono distribuite
lungo le linee di un'immaginaria lettera 'W' che non è soltanto il pezzo
mancante del puzzle di Bartlebooth ma anche la 23esima lettera del-
l'alfabeto, da cui la cartina… Infine, il riferimento implicito al romanzo
W (o doppia 'V') sta anche nella duplicità e nei famosi contrasti di New
York (città utopica/distopica). La cartina ha un duplice uso in quanto
anche puzzle: sarà sufficiente ritagliare le varie aree colorate lungo le
linee per ricomporre l'immagine della famosa isola. La data a pie' della
"cartina" richiama quella della collocazione del romanzo: qualche minuto dopo la morte di Bartlebooth.

Paolo Albani, *Je me souviens visuellement de Georges Perec*
Le *contraintes* sono: 1. una sorta di «anafora visiva» consistente nell'uso
ripetuto di alcune foto di Perec (allo stesso modo in cui si ripete 'Je me
souviens' nell'omonimo testo dello scrittore francese) che lo ritraggono
di fronte o di profilo, tutte eccetto una (*clinamen*); l'ultima foto infatti
ritrae Perec di schiena, racchiusa nel disegno raffigurante la tessera di
un puzzle, ulteriore omaggio all'autore di *La Vie mode d'emploi*; 2. le
foto non sono mai presentate per intero, bensì in forma di frammento;
da qui il rimando all'arte del frammento (si pensi in letteratura allo
Zibaldone di Leopardi e nelle arti visive alla tecnica del collage) che
contraddistingue l'originale *Je me souviens* perecchiano (ma non solo
quello), dove la lista dei ricordi è appunto una serie di brevi racconti
frammentari, senza alcuna concatenazione logico-narrativa.

Raffaele Aragona, *Mistraduzione*
L'impiego dell'immagine e la sua "mistraduzione" nascono dalla "necessità" dell'editor oplepiano di occupare una pagina altrimenti destinata
a rimanere bianca per esigenze di impaginazione.

Raffaele Aragona, *Epitalamio*
La struttura è quella del *beau présent*; per essa vengono qui utilizzate
soltanto le dodici lettere dei nomi degli sposi cui il testo è dedicato:
ADEGILMNORUZ.

Michèle Audin (avec Georges Perec), *un sixtin musical*
Il componimento è preso interamente da *La Disparition* salvo qualche
leggera modifica. Ciascuno dei sei versi delle sei strofe ha come prime
lettere quelle delle sei note musicali *do*, *mi*, *fa*, *sol*, *la*, *si*, qui di séguito
evidenziate in grassetto. La nota dell'ultimo verso di ciascuna strofa,
inoltre, coincide con quella del primo verso della strofa successiva e il
do che apre la prima strofa chiude anche l'ultima.

d'obscurs trouffions (qu'on massacra) /**mill**ions d'habitants (qu'on abattit)
Fabius Maximus Rullianus (qui surgit) / **sol**ution (qu'il côtoyait, qu'il frôlait)
la vision qui l'hantait / **si**rop ? cordial ? oui !
sifflotant durant l'auscultation / **d'O**bradovitch la cloison (qu'il sacrifia)
l'abrasion au burin qui suivit / **mis** au point trois mois plutôt
sol battu, trois murs, un huis / **Fa**ustina, dit-il, baisant son cou

fascinait Ismaïl, la Faustina / **si** l'insignifiant yacht (qui sait ?)
solution sans discontinu / **do**du vu sous nos climats
milan qui huissait (vibrant dans l'air) / **l'a**ffabulation s'imposait
la chanson d'un troubadour / **far**ci tout un bataillon
mission d'aplatir l'archiduc / **si**tôt dit sitôt fait
d'or aux incrustations d'opalin / **sol**us (locus où punir)

solution (s'il la connaît il la tait) / **la** façon d'un simili raglan
d'orpin, d'origan (parfum d'un corps) / **fa**tras non concis d'autos
                                              [(qu'on brûlait)
simili-cuir, l'or jauni du sous-main / **mi**nuit, au moins (il poirota)
mis un mot (trois jours avant) / **sol** qui m'a l'air trop lourd
six cocktails (qu'on s'offrit dans un bar) / **la**quais qui vint ouvrir
fascinait, attirait (un trou dans un flot) / **do**s faisant un mont nivial

coda

Solti l'initiant, / **Do**nna Anna il croisa. / **La**s !
mi tonitruant, / **si**gnal obscur... / **Fa**tum accompli.

Marcel Bénabou, *Une morale pour Perec*
La "*morale élémentaire*" è quella forma fissa che Raymond Queneau
mise a punto pochi anni prima della sua morte. Essa è caratterizzata dal
posto che occupano una serie di raggruppamenti sostantivo-aggettivo
chiamati da Queneau "*bimots*" ("bitermini"). Gli oulipiani si sono ovviamente appropriati questa forma e, alle *contraintes* proposte da Raymond Queneau, hanno cercato di aggiungere dei vincoli supplementari.
Qui Bénabou propone la seguente costrizione: tutti i sostantivi e tutti gli
aggettivi presenti nei "bitermini" sono ottenuti da una serie di sostitu-
zioni sinonimiche a partire da un dato "bitermine" che appare solo nel-
l'ultimo verso del poema. Il ricorso alla sostituzione sinonimica

richiama, e non per caso, i primissimi lavori intrapresi con Georges Perec (la "Produzione Automatica di Letteratura Francese" o PALF, e la "Letteratura Semi-Definizionale" o LSD): essi sfruttavano l'utilizzo sistematico sia della definizione che della sinonimia. Questa "morale elementare sinonimica" è composta sulla base del titolo di un libro di Perec.

Laura Brignoli Pusterla, *L'inizio di Erec*

La *contrainte* delle "parole a cascata" vede susseguirsi nel testo vocaboli che man mano, in modo più o meno ravvicinato, perdono o acquistano una lettera o una sillaba dando luogo ad altri vocaboli comunque di senso, così come chiaramente qui di séguito evidenziato dall'uso del carattere grassetto.

Così **Erec**, il cavaliere medievale, si rivolse al suo re; era il 1143:
«**Ere** complete, mio Sire, mi sembran trascorse da quando dovetti lasciar la mia sposa; **Re**, prìncipi, vassalli e valvassori si unirono a voi per la festa, **E** io servo a poco: il mio sguardo all'indietro è rivolto…».
Non piaceva al Re d'Aragona quell'inizio a calare che indicava una sottrazione. Voleva diminuire la sua presenza fino a scomparire? Non glielo avrebbe permesso:

«– **E** qual decisione annuncia il tuo verbo?
Re, sovrani e campioni danno esito incerto
Ere intere ci vorrebbero per vincer la partita
Erec sei necessario; se manchi tu per noi è finita.
Dimmi che accade…

«Mio sire, accade che mi sento mutilato, quasi come se mi mancasse un pezzo, c'è un vuoto, una lacuna, un'assenza, una carenza.
– Una carezza?
– Potrebbe parer pari a sì poco, ma con quella si compie l'intero mio essere, e in sua assenza quasi mi sento un altro.»
Per non **disperare** doveva **sparare**, sì, **s-parare**, dividere, e mostrare poi, **parare** davanti allo sguardo sovrano il pezzo che manca. Trattavasi insomma di **arare** il terreno per convincere gli altri delle **rare** virtù di colei che si prostra nell'**are** davanti al suo **re** per dir ciò che **è**.

E nel frattempo, alfin di contenderlo al **re**, la sposa sull'**are** portava regali, **rare** primizie destinate ad **arare** ambizioni. E poi si soleva **parare** dei più begli ornamenti: lei voleva **sparare** il suo uomo dal suo tristo sovrano. Essere bella le consentiva di **isperare** nel potere della gelosia, sì di non **disperare** chiusa sola al castello.
A Erec giungevano voci inquietanti: la sposa più avvenente del regno d'Aragona non si limitava ad attendere… che poteva mai far così agghindata? Accoglieva cavalieri? Coltivava amanti? A chi lasciava cogliere il frutto di tanta beltà?

Sotto un **salice** Erec si struggeva, diventava magro come un'**alice**: «non **lice** lasciar sola una sposa», diceva evocando al presente un antico detto latino. «Thin **ice**», rincarava al suo fianco l'amico britanno. «**C'è** una sola cosa da fare, ed **è** andare».

La sposa frattanto affinava la **truffa**: far credere al mondo di voler prender l'ali con chi dei presenti vincesse la **ruffa**. Però si struggeva: «**Uffa** – pensava – **fa** male aspettare in un vuoto castello».

«**Basta** – decise Erec – rientro immantinente». Il vessillo a mezz'**asta** indicò al Re la sua decisione. Ma quegli: «**Sta** fresco» pensò e così lo attaccò:

«**Sposa** è chi copia il tuo modo di fare,
chi prende una **posa** per poterti plagiare,
chi **osa** imitar per il suo tornaconto
e **sa** ricalcar senza dartene conto,
a...».

Ma il cavaliere Erec osò interrompere il suo sovrano:

«**A** me ciò non pare, mio sire:
chi **sa** accompagnar senza rendersi servo
ed **osa** seguir senza proferir verbo
non prende una **posa** per potermi legare,
ma **sposa** soltanto il mio modo di fare».

Non si aspettava, il Re, cotanto furore:
«Di ciò che difetta tu parli con vero **trasporto**
al punto che quasi io tendo all'**asporto**.
Son **sporto** oramai a lasciar che tu segua
la tua nave al suo **porto** e con essa la tregua.
Ti attende conchiuso il tuo **orto** radioso?»

Or, questo l'avrebbe saputo al ritorno.

Per il momento la sposa, avuta notizia che il suo cavaliere volava da lei, batté le mani, canticchiò un poco e terminò con una piroetta:
«Hooo**p**! **Erec** è una buona lenza. E io...– sorrise, maliziosetta – l'amo».

Massimo Gerardo Carrese, *Profilo*
Le lettere che formano 'Perec Georges' si evidenziano unendo alla lettera iniziale della prima parola la lettera iniziale della seconda parola, poi la finale della prima parola e la finale della seconda, e così per tutta la frase procedendo con la chiave di lettura "iniziale-iniziale, finale-finale", così come rappresentato nello schema che segue:

Per escludere carattere, guadagno rispettabile guinness

La struttura appartiene alla categoria dell'«ipogramma» che indica "parole sotto le parole" ed è stata oggetto di studio, tra gli altri,
da Ferdinand de Saussure, Jean Starobinski e Giulio C. Lepschy.

Ada De Pirro, *Racconto pittografico*
I disegni presenti sono tutti quelli utilizzati da Perec per i tre proverbi
in forma di rebus da lui inventati e riprodotti in Georges Perec, *Jeux in-
téressants*, Zulma, Paris, 1997.

Daniela Fabrizi, *Crepe, crêpe e una prece per Perec*
a) 'crepe', 'crêpe' e 'prece' sono tre anagrammi di Perec.
b) crepe: la *contrainte* è cercare un testo all'interno di un brano di Perec,
come se ci fossero "crepe" nel foglio che eliminano parte delle lettere
del testo originale, dando origine a un nuovo testo. Il testo è tutto "tro-
vato" in successione, senza aggiunte o eliminazioni di punteggiatura.
« … solo i pezzi ricomposti assumeranno un carattere leggibile, acqui-
steranno un senso: isolato, il pezzo di un puzzle non significa niente; è
semplicemente domanda impossibile, sfida opaca; ma se appena riesci,
dopo molti minuti di errori e tentativi, o in un mezzo secondo prodigio-
samente ispirato, a connetterlo con uno dei pezzi vicini, ecco che quello
sparisce, cessa di esistere in quanto pezzo …»
                    (Georges Perec, *La vita istruzioni per l'uso*)
c) crêpe: qui la *contrainte* è quella cosiddetta *du prisonnier* per la quale
vengono usate solo lettere *sans jambage* (non b,d,f,g,h,j,k,l,p,q,t,y) a raf-
figurazione del titolo, sottile e piatta come una *crêpe*.

Paul Fournel, *Les dictons de Georges Perec*
Si tratta di motti in acrostico triplo: la prima e l'ultima lettera, oltre a
una nel mezzo.

Gros travail en hiver, gaffe au grog
Été éreintant vive l'automne
Obscur objet du désir, bravo
Relire et se retourner sur soi donnent à fléchir
Gros scénariste flemmard, grouille-toi se me faire un gag
Être ou ne pas être n'est pas la réponse
Sans amour et sans haine, quelles délices

Parmi les vignes, belle poulette, un cinq à cep
Écoute et tends l'oreille, c'est la trompette
Rendre à César sa place dans le car
Étonnement du voyageur, la terre même est ronde
Claque fort, texte contraint, demain tu seras au bac

Jacques Jouet, *Un acrostiche brivadois*
L'*acrostiche brivadois* (cioè di Brioude) è una *contrainte* inventata dagli
allievi di una scuola media della cittadina. Oltre a presentare l'acrostico
verticale iniziale (PEREC), ciascun "verso" realizza un "acrostico orizzontale" nella sequenza alfabetica a partire dalla sua parola iniziale:

p,q,r,s,t,u,v,w
e,f,g,h,i,l,m,n,o,p, q,r,s,t,u,v,w
r, s,t,u,v,w
e,f,g,h,i,l,m,n,o,p, q,r,s,t,u,v,w
c,d, e,f,g,h,i,l,m,n,o,p, q,r,s,t,u,v,w
Ciascun verso, infine, "inciampa" sulla W per ragioni perecchiane…

Paolo Pergola, *Sapere come classificare*
Tutte le righe del testo (titolo incluso) contengono la sequenza '**p**', '**e**', '**r**', '**e**', '**c**' mediante una combinazione di parole sempre diversa; ad esempio: "**per ec**cesso", "**per e c**on", "**o**p**ere c**he". Ogni riga è stata originariamente creata con margine destro e sinistro rispettivamente a 0,5 e 0,9 cm da bordo pagina, con testo giustificato e carattere "Times New Roman 14".

Astrid Poier-Bernhard, *leben eben. perecs leben. es lebe perec*
Si tratta, ovviamente, di un testo monovocalico in 'e'; per la sua più diretta comprensione se ne riporta la traduzione di Helgrit Wolfgruber-Schreiner.
allora vivere. la vita di perec. evviva perec.
formarsi / diventare, diventare / collegare a terra / fare esperienze / vedere / incontrare persone / conoscere i genitori / volere, desiderare, aspirare / piagnucolare / dare un nome / valutare / pensare / parlare / stare in piedi / camminare / mangiare brezel / usare posate / sbrindellare quaderni / riconoscere lettere / leggere primi testi / ahimè, ahimè: vivere un terremoto mondiale / ahimè, ahimè: venire a sapere cose molto brutte / ahimè, ahimè: dimenticare il vissuto / scoprire fonti di errori / calcolare il reciproco / aiutare ripetenti / correre volentieri, dormire volentieri, guardare volentieri la TV (?) / consumare panini / leggere Verne / abbozzare testi / capire regole / andare via / conoscere il mondo / occupare alberghi / curare cavalli (?), rubare cavalli (?) / albergare persone / servire tè / mangiare fragole / accorgersi di un numero di telefono interno / usare il telefono / dare regali a persone: angeli? elfi? / corteggiare, corteggiare / fare serenate ardite sotto finestre / animare il mondo / andare incontro al matrimonio / promettere cose onorevoli / comprare piumoni / acquistare cose pregiate / concepire tesi di vita / prendere in prestito testi / notare opere / conoscere bene la metrica / consigliare testi degni di essere letti / creare versi assai rari / tremare, sollevare / illuminare soglie / limitare campi / rimuovere limiti del pensiero / sgrovigliare elementi / difendere tesi / immaginare che non ci siano le "e" / scoprire delle "e" / dare feste raffinate / ordinare banchetti / alzare i calici / fissare scene / inventarsi vite / ricevere regali d'onore / veder passare vite effimere / anche morire / venire onorati tanto / essere letti volentieri / continuare a esistere: *éternellement*…

Jacques Roubaud, *Dix-neuf aventures de Perec*

Il nome di Perec si decompone in due maniere: **pe / rec** e **per / ec**.
In ciascun verso della poesia – il *clinamen* è di rito – figura una delle
due decomposizioni. Ciascuna delle due sillabe si accompagna a una sillaba comune come appare qui sotto:

1	**per** / *no*	d ——— t	**ec** / h *no*
2	**pê** / c	*he* ——-	**rèc** / *he*
3	**per** / *te*	——— dial	**ec** / *te*
4	l *ou* / **pe** , per / ou ———		**rèc** / *ou* d
5	a **per** / *o*	——-	**ec** / h *o*
6	**per** / *sé*	e ———	**ex** / *cé* s
7	**per** / *sil*	———	**ex** / *il*
8	**pe** / *ul*	———	**rèc** / *ul*
9	**per** / *if*	———r	**ec** / *if*
10	**per** / *te*	——— ins	**ec** / *te*
11	*al* / **pe**	s ———	**rèc** / *al* é
12	ram / **per**	——-	**ec** / ran
13	**pe** / *ur*	———	**rèc** / *ur* e
14	**per** / *la*	———	**ec** / *la* t
15	*é* / **pé**	e ———	*e* / **rec**
16	**pe** / *w*	———	*w* / **rec** k
17	*lam* / **pé**	e ———	**rec** / *lam* e
18	**per** / *e*	t ———r	**ec** / r *é*
19	e *s* / **per**	e ——-	*s* / **ec**

Olivier Salon, *Georges Perec*

Si tratta di un *beau présent* per Georges Perec. Le lettere usate sono,
quindi, soltanto sette: G E O R S P C.

Antonella Sbrilli, *Rebus*

Un rebus lineare, alla maniera di quelli ideati da Perec su proverbi fran-
cesi, ma in italiano e dunque da risolvere compitando i nomi delle figure
e le lettere di séguito, per poi segmentarli secondo le indicazioni del dia-
gramma numerico. La sua soluzione è: (Perec) H (esco) MP (arsa) = *Per
E, ch'è scomparsa. "Per E"* è la dedica apposta al libro *W o il ricordo
d'infanzia*, ed *e* è la vocale assente da *La Disparition*.

Gigi Spina, *Non, je ne me souviens pas!*

La *contrainte* ha fatto scrivere un testo rovesciando il *Je me souviens* di
Perec.

Giuseppe Varaldo, *Identikit lessicali*

Identikit lessicali è il titolo complessivo dato a un gruppo di cinque sonetti, nei quali manca a turno una delle cinque vocali. Ma non si tratta
di semplici testi lipogrammatici, perché ogni singolo componimento,
sulla falsariga de *La disparition* di Georges Perec («strano romanzo ...

sotto forma di giallo o finto dramma», caratterizzato non solo dalla "sparizione" della *e*, ma anche dai molteplici indizî forniti al lettore per segnalarne l'assenza e dalle peripezie dei protagonisti nel tentativo di ritrovarla), è stato pensato come una sorta di identikit scherzoso e bizzarro, atto a consentire ai potenziali investigatori di individuare prima e rintracciare poi la vocale di volta in volta eclissàtasi.

I sonetti, accomunati dalla metrica ABBA ABBA CDC DCD, sono in buona sostanza autoreferenziali, in quanto a lamentare la scomparsa – per esempio – della *i*, e a fornire informazioni dettagliate su di essa, sarà proprio quello senza *i*. Addirittura, volendo vantare ascendenze cólte e tenendo presente sia il famoso libro di Reinhard Brandt pubblicato nel 1998 (*D'Artagnan o il quarto escluso*), sia ciò che scrisse in proposito Umberto Eco («È chiaro che *I tre moschettieri* è in verità la storia del quarto»), *mutatis mutandis* si potrebbe ragionevolmente sostenere che ciascun sonetto è la storia della *quinta esclusa*: si è fatto ricorso alle altre quattro vocali per parlare della quinta...

Nel descrivere selettivamente le vocali da identificare, è stata sfruttata ogni possibile risorsa grammaticale, sintattica o lemmatica: per esempio la *a* viene proposta anche come preposizione, la *e* e la *o* come congiunzioni, la *i* come articolo. Ed è soprattutto per questo motivo che l'aggettivo *lessicali* si è fatto preferire rispetto al più scontato *vocalici*.

Tutte le lettere presenti in questi versi, consonanti o vocali che fossero, e sia quelle citate in modo esplicito sia quelle semplicemente sottintese, sono state considerate sistematicamente di genere, e in certo senso anche di sesso, femminile: così la *q*, cui si allude nell'ultimo sonetto, è «l'amica» e non *l'amico*. Qualora però ci si sia avvalsi di un appellativo di genere maschile, come nel caso del «grafema» riferito alla *i* o del «mezzo seno» riferito alla *u*, la vocale relativa è stata – per così dire – mascolinizzata, con ovvie conseguenze sulle concordanze.

Note

I sonetto

6. «di un livello ottimo»: nel senso che, per indicare l'eccellenza, si suol dire "di serie A", "di classe A", "di categoria A" e simili.

11. «se prefisso, sostituisce il 'non'»: ovvio riferimento all'*alfa privativo*, e quindi al valore negativo che la vocale *a* può avere quando è prefisso.

12-14. Il «testo noto» di Perec, qui menzionato, non è *La Vie mode d'emploi* (*La vita, istruzioni per l'uso* nella traduzione italiana), ma appunto *La disparition*, il cui Capitolo 25 contiene una decina di righe, scritte appositamente da Raymond Queneau per l'amico Georges, nelle quali manca, beninteso oltre alla *e*, anche la *a*.

II sonetto

1. Riferimento al termine 'ex', che può indicare appunto «un'antica fiamma».

7-13. In funzione di simbolo, «la fuggitiva», ossia la vocale mancante, può contrassegnare: se maiuscola, il «modulo di Young» (o *modulo di elasticità longitudinale*, grandezza fisica espressa dalla formula $E = \sigma/\varepsilon$) o, seguìta da un numero, i molti «additivi» alimentari, naturali e non, autorizzati a livello europeo; se minuscola, la carica elettrica dell'elettrone e altri «valori mai banali», quali la *costante di Nepero* e il *numero di Eulero*.

14. La «funzion copulativa» è quella più comunemente svolta dalla vocale *e* intesa come congiunzione.

III sonetto

1-2. La vocale *i* è «sempre allungata e stretta», ma solo quando è minuscola ha il «punto sopra».

4. L'elemento contrassegnato dalla *i* (I) è evidentemente lo Iodio.

5-8. Nell'Italiano antico, in particolare in Dante – ma tali forme sono tuttora registrate da molti dizionari –, la *i* «tale e quale» può essere anche un «pronome personale»: con valore, nel caso, di complemento oggetto in sostituzione di *li* o di complemento di termine in sostituzione di *gli* e *le*. Più nota e più frequente è la forma letteraria *i'* (ovvero la *i* « con l'apostrofo dopo »), variante del soggetto *io*.

12-14. Quando si trova «sulle targhe» automobilistiche, cioè in quanto sigla, la *i* può presentarsi davanti a *emme* (IM = Imperia) o *esse* (IS = Isernia) oppure da sola (I = Italia).

IV sonetto

1-10. Riferimento dapprima al cerchio, col terzo e quarto verso che formano una sorta di *chiasmo* anomalo (al posto di: *in natura esista e nel pensier s'immagini*), e poi alla famosa "O di Giotto". Secondo un'altra tradizione questo «sublime artista», che rivoluzionò la pittura di allora rendendola assai più naturalistica e più vicina all'uomo, fu allievo del grande Cimabue, ma superò precocemente il maestro.

11. Intesa come congiunzione, la *o* è soprattutto disgiuntiva.

12-14. Naturalmente ci si riferisce alla formula dell'acqua (H_2O).

V sonetto

2-3. Allusione alle "valli a U", altro nome delle valli glaciali, e alle "inversioni a U".

4. La forma della *u*, soprattutto quando è maiuscola, ricorda effettivamente una mammella, ossia un «mezzo seno».

13-14. Mentre per lo più la *a* e la *e* sono riconducibili al genere e al sesso femminile e la *i* e la *o* al genere e al sesso maschile, la *u*, tagliata fuori dal gioco delle concordanze, può essere ritenuta sostanzialmente «senza sesso».

Eliana Vicari Fabris, *Une expo à succès*
La *par condicio sui generis* è una traduzione intralinguale transessuale. Per ottenerla basta partire da un testo letterario e riformularlo nella lingua in cui è stato scritto, sostituendo tutte le parole maschili (compresi

i nomi propri) con parole femminili e viceversa. La realizzazione del trapianto prevede l'uso di strategie, stratagemmi ed errori-orrori tipici della traduzione interlinguale dal *contresens* alla compensazione, dalla perifrasi alla sineddoche. Nella fattispecie il brano di partenza è quello intitolato *Attention aux variations* che figura nell'unità consacrata all'Oulipo pubblicata nell'antologia *Écritures* (Valmartina, 2009), brano tratto dal romanzo di Georges Perec *Un cabinet d'amateur*.

Giorgio Weiss, *Per Perec*

Il nome 'Perec' si legge in ciascun verso scorrendo da sinistra a destra; il grassetto ben evidenzia la *contrainte*.
Per il genial **c**ervello /offro **p**ensieri **e** preci.
Mi **pie**go in terra **e** invo**c**o / il **p**reval**er** del **c**ielo.
L'**Op**lepo ti **r**iv**e**ndica / qual **p**recursor **e**c**c**elso / e **per** l'omaggio **c**erca imprese di ri**c**erca. / **Oper**e al suo **c**ospetto / di **per**ce**zi**oni e s**c**ienza.
S**per**iam di meritarci / di **poter** stare al fianco / dell'invitto **Perec**.

Gianni Zauli, *Parole in ordine*.

Ogni verso contiene all'interno di una parola un'ulteriore parola appartenente alla medesima categoria (quella del corpo umano); la sequenza segue un ordine (dall'alto verso il basso in riferimento alla posizione verticale della parte del corpo).
Sì è vero son **testa**rdo. / **Collo**cai, con azzardo
e ris**petto** per davvero, / e **costa**nza, son sincero,
sul **braccio**l della poltrona / **mano**scritto che incorona
 – senza far azione ar**dita** / nel bel gruppo che dà **vita**
con os**sesso** e restrizioni / a una b**anca** d'intuizioni –
Gerges Perec, d'idee vulc**ano**, / che **alluci**na col suo arcano
es**pianta**ndo con pazienza / la vocale d'eccellenza.

Saggi

Raffaele Aragona, *La Scienza delle Distruzioni*

Ancor oggi i segreti della bibliografia contenuta nella *Cantatrix sopranica L.* di Georges Perec non sono del tutto scoperti. Chissà quanto tempo trascorrerà perché vengano alla luce tutti questi, certamente più modesti, inseriti nella *S.d.D.*

Furio Honsell, *Un'altra scomparsa*

Si parla di una scomparsa, quella di ben 4 giorni, usando come *contrainte* l'assenza (una seconda scomparsa) di subordinate, in modo, cioè, paratattico, tipico della prosa scientifica. Un'ulteriore *contrainte* (terza scomparsa) è data dall'assenza che non sarà difficile trovare pur se trovarla rappresenta già un paradosso ontologico; ma non sfuggirà certamente all'attento lettore.

Biblioteca Oplepiana

Biblioteca Oplepiana

Ruggero Campagnoli, *Edulcoranti*, con cento tempere, *Coloranti*, di Giuseppe Radicchio (1990, 1)

Aldo Spinelli, *L'uso delle istruzioni*. Rigrafia (1991, 2)

Giuseppe Varaldo, *Canto tenero*. Mitografemi (1992, 3)

Ruggero Campagnoli, *Deliri edipici*. Sonetti palindromici (1992, 4)

Piero Falchetta, *Frammenti in vita*. Combinazioni monorime con commento (1993, 5)

Ruggero Campagnoli, *Vocalizzi Zulu*. Sonetti monovocalici latenti, con 5 serigrafie, *Proiezioni e vocali in ombra*, di Giuseppe Radicchio (1994, 6)

Elena Addòmine, *Forme For me*. Traduzioni omografiche (1994, 7)

Raffaele Aragona, *La viola del bardo*. Piccolo Omonimario Illustrato (1994, 8)

Aldo Spinelli, *Le ripartite*. Rimbalzo statistico (1994, 9)

Ruggero Campagnoli, *Sestine per modo di dire*. Testi locuzionali semiautomatici (1994, 10)

Sal Kierkia, (a cura di) *L'isola teletrasportata*. Anagrafie (1996, 11)

Paolo Albani, *Geometriche visioni*. L'alfabeto raffigurato (1996, 12)

Paolo Albani, *Rose osé*. Lettere rubate (1998, 13)

Màrius Serra i Roig, *Turandot espuri*. Solfeix (1998, 14)

Luca Chiti, *L'infinito futuro*. Sillabe in crescenza (1999, 15)

Oplepo, *Giallo di Anghiari*. Misteri obbligati (1999, 16):
- *Analisi finale*, di Elena Addòmine
- *La disparizión*, di Raffaele Aragona
- *Alloro per loro*, di Brunella Eruli
- *Una parola d'oro*, di Piero Falchetta
- *Numero tredici*, di Sal Kierkia
- *Un caffè per tre*, di Giuseppe Varaldo

Oplepo, *Esercizi di stime*. Acronimi elogiativi (2000, 17):

- Elogio dell'*Opera poetica limitante entropiche profondità ombelicali*, di Elena Addòmine
- Elogio dell'*Oscurità poetica laureata esibendo parole oblique*, di Paolo Albani
- Elogio di *Ogni poema lipogrammatico esprimente potenzialità oscurate*, di Raffaele Aragona
- Elogio dell'*Ospedale per lemmi esausti, provati, obesi*, di Alessandra Berardi
- Elogio dell'*Operosa pastorelleria legata, elegantemente poco ortodossa*, di Luca Chiti
- Elogio dell'*Ostinazione: premere lemmi endecasillabici produce olio*, di Brunella Eruli
- Elogio dell'*Ostracismo politico, legge emarginata, punto O*, di Sal Kierkia
- Elogio dell'*Osar poetare liberamente, evitando penalizzanti ortodossie*, di Maria Sebregondi
- Elogio dell'*Ombra, proiezione labile eppure pressoché onnipresente*, di Giuseppe Varaldo

Luca Chiti, *Il centunesimo canto*. Philologica dantesca (2001, 18)

Paolo Albani, *Fantasmagorie*. Parole in bianco (2001, 19)

Giulio Bizzarri, *Art caveau*. L'invisibile pittura (2001, 20)

Ermanno Cavazzoni, *Morti fortunati*. Slittamento proverbiale (2001, 21)

Oplepo, *Il doppio*. Due per uno (2004, 22):

- *Doppio segno*, di Alessandra Berardi
- *Piccolo dizionario double-face*, di Anna Regina Busetto Vicari
- *Il doppio imperfetto con rimbalzo*, di Brunella Eruli
- *La scoperta dell'America*, di Domenico D'Oria
- *Duplex*, di Edoardo Sanguineti
- *Doppia lingua*, di Elena Addòmine
- *Il romanzo equivoco*, di Ermanno Cavazzoni
- *Specchio*, di Giulio Bizzarri
- *Senso doppio/Doppio senso*, di Giuseppe Varaldo
- *Kamasutre*, di Maria Sebregondi
- *Il punto di vista, anche*, di Paolo Albani
- *Teoremi e assiomi*, di Piergiorgio Odifreddi
- *Raddoppi*, di Raffaele Aragona
- *Doppio doppio*, di Sal Kierkia
- *Doppio*, di Giuseppe Radicchio

Piergiorgio Odifreddi, *Riflessi in uno zaffiro orientale*. Diari minimi di viaggi effimeri (2005, 23)

Sal Kierkia, *Preludi*. Tempo obbligato (2005, 24)*

(*) I primi 24 fascicoli sono pubblicati ne *La Biblioteca Oplepiana* (Zanichelli, 2005).

Oplepo, *A Italo Calvino* (2005, 25):
- *La galleria dei destini incrociati*, di Paolo Albani
- *Rapsodia di fiori in blu*, di Brunella Eruli
- *Permutazioni bibliografiche*, di Domenico D'Oria
- *Lezioni italo-americane*, di Elena Addòmine
- *Alluvione d'aiuole*, di Sal Kierkia
- *Conoscenza della forma*, di Anna Regina Busetto Vicari
- *Italo Calvino in ottava*, di Giuseppe Varaldo
- *Sulla luna giraffa*, di Maria Sebregondi
- *Paronomàsie*, di Raffaele Aragona

Oplepo, *Chimere*. Esercizi finzionari (2006, 26):
- *La Chimera Incapricciata*, di Anna Regina Busetto Vicari,
- *La chimera di Spoon River*, di Brunella Eruli
- *Kimerik polito-logico*, di Domenico D'Oria
- *Chimere shakespeariane*, di Elena Addòmine
- *Sonetto della Chimera*, di Edoardo Sanguineti
- *Percorsi per-versi d'una chimera*, Giorgio Weiss
- *Manghiscoli*, di Ermanno Cavazzoni
- *Chimere*, di Giuseppe Varaldo
- *Tradurre, una chimera? PER-QUE-NEAU!*, di Maria Sebregondi
- *Mi illudo*, di Paolo Albani
- *Chimere napoletane*, di Raffaele Aragona
- *I cosi così*, di Sal Kierkia

Maria Sebregondi, *Centomila miliardi di chimere*. Combinatoria per una traduzione (2007, 27)

Oplepo, *Sirene*. Fascinazioni (2008, 28):
- *Le sirene: Partenope e le altre*, di Elena Addòmine
- *Il canto delle Sirene*, di Alessandra Berardi
- *La fine della Sirena*, di Anna Regina Busetto Vicari
- *Quel che c'è in una sirena*, di Brunella Eruli
- *Io sono*, di Daniela Fabrizi
- *Sette variazioni sul canto notturno delle sirene*, di Paolo Albani
- *canzone ansiosa: scorcio amoroso con sirene*, di Raffaele Aragona
- *Sulla copulabilità della Sirena*, di Ermanno Cavazzoni
- *Da Trieste a Vieste*, di Domenico D'Oria
- *Desinere in piscem*, di Sal Kierkia
- *ballatella delle sirenelle*, di Edoardo Sanguineti
- *Sirenate*, di Giuseppe Varaldo
- *La sirena Partenope*, di Giorgio Weiss

Oplepo, *Le leggi della tavola*. Regole per tutti i gusti (2009, 29):
- *Corona di sonetti gastronomici*, di Elena Addòmine
- *Rimembranze culinarie alla maniera di Perec*, di Paolo Albani
- *La contrainte à la carte*, di Raffaele Aragona
- *Indovina chi sviene a cena?*, di Alessandra Berardi
- *Uova sode*, di Anna Regina Busetto Vicari
- *Vite di golosi*, di Ermanno Cavazzoni
- *Il "chilometro libero"*, di Lorenzo Enriques
- *La dieta oplepiana*, di Brunella Eruli
- *Dialogo in green*, di Daniela Fabrizi
- *A mensa*, Sal Kierkia
- *Distichetti alfabetici artusiani*, di Edoardo Sanguineti
- *Menu Adriatico (Carme-non-figurato) / Ferran Adrià & Carme Ruscalleda*, di Màrius Serra
- *Elogio della farinata*, di Giuseppe Varaldo

Edoardo Sanguineti, *Capriccio oplepiano*. Pretesti (2010, 30)

Oplepo, *A Edoardo Sanguineti* (2010, 31):
- *Che cos'era Sanguineti*, di Elena Addòmine
- *Gli «ii» di Sanguineti*, di Paolo Albani
- *Beau présent per E.S.*, di Raffaele Aragona
- *Trittico*, di Carlo Battisti
- *Tombeau présent*, di Marcel Bénabou
- *Ritratto in rime*, di Alessandra Berardi
- *Trilogia per Sanguineti*, di Giulio Bizzarri
- *Mancanza*, di Brunella Eruli
- *Epistolina per E.S.*, di Sal Kierkia
- *Niente funerali di Stato per Sanguineti*, di Valerio Magrelli
- *Per un'ebbrezza di ri-cordanze*, di Marco Maiocchi
- *Il Sanguineti-pensiero*, di Mario Persico
- *In memoriam Edoardo Sanguineti*, di Jacques Roubaud
- *Les set rimes de Sanguineti*, di Màrius Serra
- *Oca veloce*, di Aldo Spinelli
- *Frenosonetto*, di Giuseppe Varaldo

Oplepo, *Le confessioni di italiano*. Peccati di lingua (2011, 32):
- *Imperdonabile*, di Elena Addòmine
- *Alla maniera del Reverendo Spooner*, di Paolo Albani
- *Peccati accentuati*, di Raffaele Aragona
- *Un peccato originale di finale*, di Alessandra Berardi
- *Due punti: a capo*, di Daniela Fabrizi
- *Parodia blasfema*, di Sal Kierkia
- *Confesso que he menjat espaguetis*, di Màrius Serra
- *Di lemmi numerici*, di Aldo Spinelli
- *Concessioni*, di Giuseppe Varaldo

Paolo Pergola, *Lessico famigliare*. Operazioni alla lettera (2012, 33)

Oplepo, *A Georges Perec* (2012, 34)

TESTI
- *New York, istruzioni per l'uso*, di Elena Addòmine
- *Je me souviens visuellement de Georges Perec*, di Paolo Albani
- *Mistraduzione*, di Raffaele Aragona
- *Epitalamio*, di Raffaele Aragona
- *un sixtin musical*, di Michèle Audin (avec Georges Perec)
- *Une morale pour Perec*, di Marcel Bénabou
- *L'inizio di Erec*, di Laura Brignoli Pusterla
- *per perec*, di Anna Busetto Vicari
- *Profilo*, di Massimo Gerardo Carrese
- *Racconto pittografico*, di Ada De Pirro
- *Crepe, crêpe e una prece per Perec*, di Daniela Fabrizi
- *Les dictons de Georges Perec*, di Paul Fournel
- *Un acrostiche brivadois*, di Jacques Jouet
- *Sapere come classificare*, di Paolo Pergola
- *leben eben. perecs leben. es lebe perec*, di Astrid Poier-Bernhard
- *Dix-neuf aventures de Perec*, di Jacques Roubaud
- *Georges Perec: portrait*, di Hermes Salceda
- *Georges Perec*, di Olivier Salon
- *Rebus*, di Antonella Sbrilli
- *Non, je ne me souviens pas!*, di Gigi Spina
- *Definizionario*, di Aldo Spinelli
- *Identikit lessicali*, di Giuseppe Varaldo
- *Une expo à succès*, di Eliana Vicari Fabris
- *Per Perec, di* Giorgio di Weiss
- *Parole in ordine*, di Gianni Zauli

SAGGI
- *Sui comportamenti bizzari tenuti nella sfera del privato*, di Paolo Albani
- *La Scienza delle Distruzioni*, di Raffaele Aragona
- *A proposito della "indeterminatezza semantica" della canzone italiana*,
  di Ermanno Cavazzoni & Jean Talon
- *Un'altra scomparsa*, di Furio Honsell
- *Modellistica dell'Attrazione Fatale*, di Paolo Pergola